KB069181

하이 애나,
나는 한국 할머니란다!

하이 애나, 나는 한국 할머니란다!

미국 손녀와 함께 성장하는 평범한 할머니의 특별한 이야기

초 판 1쇄 2024년 04월 16일

지은이 류관순
펴낸이 류종렬

펴낸곳 미다스북스
본부장 임종익
편집장 이다경
책임진행 김가영, 윤가희, 이예나, 안채원, 김요섭, 임인영, 권유정

등록 2001년 3월 21일 제2001-000040호
주소 서울시 마포구 양화로 133 서교타워 711호
전화 02) 322-7802~3
팩스 02) 6007-1845
블로그 http://blog.naver.com/midasbooks
전자주소 midasbooks@hanmail.net
페이스북 https://www.facebook.com/midasbooks425
인스타그램 https://www.instagram/midasbooks

ⓒ 류관순, 미다스북스 2024, *Printed in Korea*.

ISBN 979-11-6910-587-3 03810

값 17,500원

🐜 **미다스북스**는 다음세대에게 필요한 지혜와 교양을 생각합니다.

미국 손녀와 함께 성장하는 평범한 할머니의 특별한 이야기

하이 애나, 나는 한국 할머니란다!

류관순 지음

미다스북스

프롤로그

나는 누구인가?

오랫동안 사람들을 만나서 꿈과 목표를 나누고 제품을 유통하며 함께 일할 동지를 찾는 일을 했다. '나'라는 사람이 한평생 보낼 시간 가운데 어쩌면 가장 왕성하게 일하고 성공을 이뤄내야 하는 시기를 보낸 것이다. 성숙되지 못한 인격에 생활이라는 무게가 주는 조급함으로 늘 날 선 뾰족한 칼날을 품은 사람이었다. 자연스레 사람과의 관계가 힘들어지고 공황장애라는 공포가 찾아왔다. 갑자기 숨이 쉬어지지 않아 죽음이라는 두려움에 사로잡히고 땅에 떨어진 물고기처럼 할딱거리며 깊은숨을 쉴 수가 없었다. 이런 나 자신이 용납되지 않아 다른 사람들에게 말할 수도 없고 혼자 보내는 시간이 많아졌다.

어릴 때부터 책 읽기를 좋아하는 나는 스트레스를 벗어나고 싶고 걱정 없는 상태를 유지하고 싶었다. 멍때리는 시간조차 견딜 수 없는 극도로 불안했던 시기에 책과 지내기 위해 도서관과 서점을 찾아다녔다. 나는 음치에다 몸치인 참 단조로운 사람이다. 사람들은 소용돌이치는 감정이 일어날 때 노래방에 가서 자신이 좋아하는 몇 곡의 노래를 부르면 진정되던지, 신나는 음악에 몸을 맡기며 놀거나 적당히 술의 힘을 빌리기도 한다. 나 역시 맥주 한잔을 다 마시지는 못하나 친구를 만나 호프집을 찾거나 위스키나 진, 그리고 럼과 브랜디, 보드카 베이스에 예쁜 빛깔의 다양한 리큐르를 넣은 칵테일의 맛을 알아가는 재미를 즐겼다. 갈리아노를 좋아하고 깔루아와 우유의 조합을 좋아한다. 친구들을 불러 파티하는 미래의 그림을 꿈꾸며 관심을 가지고 배우기도 하였다. 아직도 집에 칵테일 셰이커와 지거를 가지고 있다. 그러나 몇 년 전부터 나에게 한 방울의 알코올도 허락하지 않는다. 집에서 남편과 가벼운 한두 모금의 맛보는 수준의 알코올에도 호흡하지 못하는 공포를 경험한 이후 단절하고 지낸다. 오직 처한 환경과 상황을 벗어나고자 하는 자구책이 책을 읽는 것이었다. 많은 자기 계발서를 통해 다양한 방법들을 찾아 배우고 따라 해보고 포기하기를 반복하는 시간 속에서 나 자신의 못남을 스스로 질책하면서 행복하지 못했다.

행복하지 못한 엄마인 나는 하나뿐인 딸에게 무엇을 할 수가 있었을까? 그저 '엄마가 성공하면'이라는 전제를 달고 있는 수많은 공수표들이 있을 뿐이다. 딸이 성장 과정에서 응당 받아야 했던 사랑과 관심을 미루고 미루다 결국 주지 못한 것에 대해 늘 미안하다. 그래도 엄마는 최선을 다해 삶을 살아내었다며 위안해본다. 어릴 때부터 엄마의 손을 빌리지 않고 스스로 계획하고 실행하는 딸은 독립적인 아이로 자랐다. 오히려 딸은 엄마인 나에게 친구가 되어주고 따라가지 못하는 시대의 흐름을 알려준다. 딸이 당당하고 예쁘게 자라주어 참으로 감사하고 대견하다.

공황장애가 심해지면서 자다가도 숨을 제대로 쉴 수가 없어 벌떡 일어나 창문에 머리를 내밀고 차가운 공기를 마셔보지만 답답한 가슴은 그대로이다. 이런 나를 애처롭게 보아주신 긍휼의 하나님을 만나게 되었다. 그리고 기도라는 엄청난 무기를 가지게 되었다. 남편의 피부암 수술과 고3인 딸의 난소암 수술로 힘든 고난의 시간도 이길 수 있었다. 아무것도 할 수 없을 때 모든 것을 아시고 해결해주실 분께 기도할 수 있다는 것이 얼마나 감사한 일인가?

그리고 10년째 감사 일기를 쓰면서 나 자신도 모르는 사이에 자존감이 바닥이라서 받았던 상처가 회복되었다. 그리고 주어진 작은 하나에도 감사하며 어려움이 생겨도 고난 뒤에 오는 선물 같은 성장을 기대하게 된다. 아무런 의식하지 못하며 살아가는 우리에게 호흡은

곧 생명이다. 생명을 주신 하나님께 그저 감사할 뿐이
지 않은가?

나는 감사를 나누고 싶다. 그리고 지금, 이 순간 있는
그대로의 나를 인정하며 사랑한다. 지난 시간의 감사에
입을 닫고 있는 건 너무나 죄송한 일이다. 전능하신 분
앞에 너무나 작은 자로 떨리는 마음으로 '사랑합니다. 감
사합니다.'라는 고백의 글을 쓰기로 마음을 먹었다.

그동안 체험으로 알게 된 일들을 글로 기록하며 감사
에 젖을 때 나는 할머니가 되었다. 딸은 왜인지 모르겠
지만 초등학교 때 미국인과 결혼을 하고 싶다고 했다.
중학교 때부터 미국 드라마를 보면서 영어 공부를 하더
니 대학교 때 싱가포르와 캐나다로 어학연수와 해외 인
턴을 다녀오고 사랑하는 미국인 남자 친구가 생겼다.
그리고 코로나가 극성일 때 결혼하고 예쁜 아기 천사
애나를 만나게 되었다. 딸이 직장에 복직하면서 애나와
함께 지냈다. 감성이 풍부하고 젠틀한 미국인 아들과

는 말이 잘 통하지 않지만 서로 평소에는 여유를 가지니 보디랭귀지가 통하고 번역기의 도움도 받을 수가 있었다. 하지만 애나를 돌보기 시작하면서 사사건건 모든 것이 부딪히고 서로의 언어가 이해되지 않아 표정만으로는 감정이 확대해석되기 일쑤였다. 지금 생각하면 우습지만 그때는 애나의 속싸개 싸는 걸로도 언성을 높였다. 아기 때는 울려도 된다는 아들과 조금도 용납이 안 되는 나, 애나 혼자 놀아도 되는데 항상 곁에 있는 나, 모든 투정을 다 받아주는 나를 아들은 못마땅해하고 결국 냉랭한 분위기가 길어졌다. 딸을 중간에 두고 우리는 같은 마음이지만 서로 다른 방법에 대해 길고 솔직한 대화를 나누었다. 그리고 우리는 사랑을 고백하며 원활한 관계가 되었고 저녁이면 애나를 재우고 소파에 앉아 각자의 취향에 맞는 아이스크림을 먹으며 영화를 보거나 충분한 대화 시간을 가지면서 끈끈한 가족이 되었다. 아들에 대해 알면 알수록 듬직하고 믿음을 갖게 되어 딸의 선택에 감사하게 되었다.

사랑스럽게 자라는 애나를 보면서 엄마일 때 생각지 못한 더 많은 생각을 하게 된다. 생명의 경이로움과 소중함을 느끼며 우리는 모두 사랑과 응원과 기대 속에서 자라난 위대한 사람이라는 것을 인지하게 되었다. 수많은 시도에 넘어지면서 마침내 앉고, 기고, 서고, 뛰는 성공의 수많은 인자가 있다는 것을 깨닫게 되었다. 매일 저녁 애나를 재우고 감사 일기와 애나의 성장 일기를 적었다.

둘째 아기 천사 브랜든이 태어나고 새벽에 분유를 먹이고 잠을 청하는데 갑자기 떠오르는 생각에, 할머니가 되고 애나와 보낸 시간을 글로 적고 싶다는 생각이 들었고 핸드폰의 메모장에 거침없이 적어 내려간 제목이 여기 33가지이다.

딸의 가족과 헤어지는 날 아침, 나의 감정을 최대한 억누르고 있다. 지난밤, 함께 저녁 식사하며 즐거운 얘기를 했다. 2년 뒤에 다시 한국으로 발령받을 수 있게 되기를 소망한다는 아들의 말에 힘이 났다. 그렇지 못하면 우리가 미국으로 가기로 했다. 2년은 참을 수 있을 것 같았지만 잠든 두 아가를 데리고 막상 우리 부부는 잠을 잘 수가 없다. 이제야 '헤어짐'이 실감이 났다. 나는 함께하는 동안 최선을 다했고 매일 감사하며 행복하게 지냈다. 딸에게 자라면서 부족했던 사랑을 만회할 수 있는 시간을 주심에 감사하고, 아들과 진정한 가족이 됨에 감사하고 21개월 동안 애나의 성장을 함께함으로써 누린 행복한 시간에 감사하고, 브랜든의 경이로운 3개월의 성장을 함께함에 감사한다. 나는 아들의 품에 안겨 한참을 울었다. 딸은 "엄마 이럴 줄 알았어. 그래서 공항에 같이 안 가고 호텔에서 헤어지는 거야."라고 핀잔을 주며 자리를 피한다. 눈에 넣어도 아프지 않은 애나는 신이 났다. 애나는 든든한 엄마, 아빠가 있으니 브랜든과 함께하는 긴 여행을 잘할 것이다.

  마음이 예쁜 딸과 아들의 배려로 호텔에서 점심을 먹고 미리 챙겨준 선물을 가지고 집에 오니 해외 이사로 인해 두 달여 남짓 여기서 지낸 애나와 브랜든이 사용했던 물건들로 가득하다. 애나 방으로 쓴 안방에는 침대와 미끄럼틀과 두고 간 인형들이 있고 작은 방에는 브랜든의 아기 침대와 작아진 옷들이 있다. 거실로 나오니 유아 식탁 의자와 소독기, 모빌과 꽉꽉이 변기, 수유 쿠션, 카시트와 유모차, 미리 사서 한 번도 못 탄 씽씽카, 목욕 대야들, 애나의 작아진 옷들, 애나와 브랜든이 사용했던 크고 작은 물건들이 온 집 안에 가득하다. 이것들을 제일 빠르게 그리고 기쁘게 나눌 곳이 있어 감사하다. 한 트럭 가득 보내며 나눈 물품들을 사용할 아기들이 건강하게 잘 자라기를 기도한다. 새로운 마음이 생기기를 바라는 마음만큼 나누고 버렸다. 이제 남편과 달랑 둘이 남았다는 사실에 한동안 우울했다. 〈아기 상어〉에 맞춰 춤추는 애나를 떠올리며 입가에 미소가 번진다. 그리고 힘을 얻는다. 곧 만나게 될 것이다. 애나가 한국에서 함께한 것을 기억하지 못하겠지만 정서적으로 사랑을 느끼며 성장한다는 게 얼마나 큰 위로인가? 그리고 얼마나 감사한가?

나는 매일매일 기도한다. 눈물 쏟을 때가 있는가 하면 기쁨을 느끼며 힘이 들어갈 때도 있다. 문화가 다른 이들이 가족이 되어 느끼는 이질감을 없애기 위해 노력하는 사람들이 점점 많아지고 있고 자의든 타의든 적극적으로 육아에 참여하는 할머니들이 많아지고 있다. 분명 문화와 세대 차이가 주는 충돌은 어쩔 수 없다. 그러나 틀림이 아닌 다름을 인정하며 서로를 사랑으로 바라보면 모든 것이 감사한 일이다. 감사의 시선으로 바라보는 따스한 한줄기의 햇살과 살랑거리는 바람은 결코 어제의 그 햇살과 바람이 아니다. 그래서 세상은 참 살 만하다. 모든 것이 변하는 것처럼 글쓴이도, 읽는 이도 변한다. 더 나은 사람으로.

2022. 12

목 차

프롤로그 나는 누구인가? 004

제1장

몰라도 너무 몰라

1 360도 회전, 잠버릇 021

2 유레카 026

3 여행을 떠나는 응가 031

4 물놀이는 언제나 룰루랄라 036

5 샤크 042

6 한 번만… 됐다! 049

7 하늘의 친구들 054

8 딸기 사랑 059

제 2 장
초보 미국인 아빠와 한국인 할머니의 육아 방식

9 할머니는 공부 중 069

10 미국인 아빠와 한국인 할머니 076

11 할머니 콜 081

12 하나님… 아멘 091

13 애나와 아빠, 애나와 할머니는 소통,

아빠와 할머니는 왜? 097

14 할머니는 되는데 엄마, 아빠는 왜 안 돼? 104

15 침대가 사라졌어요 109

16 할머니는 언제 잠을 자는 걸까? 114

제 3 장
사랑스러운 애나의 성장

17 애나의 인사성 123

18 돼지는 꿀꿀, 기린은? 128

19 애나는 의사 선생님 134

20 까꿍 놀이에서 꼭꼭 숨어라로 업그레이드 139

21 애나는 흥부자… 할머니는 음치, 몸치 145

22 엄마도 애나도 발 꼭꼭! 151

23 안녕, 빠이, 고마워 157

24 외출 준비의 끝은 마스크 162

제 4 장
언니가 되다

25 싱크대로 고고 169

26 언니가 된다는 것 174

27 애나 거, 애나가, 애나!!! 180

28 애나의 손톱자국 185

29 얼마나 아프고 힘들까? (엄마의 치질 수술) 192

30 세 아기 198

31 기도해야 하는데 204

32 숨죽이는 시간 4분 20초 210

33 애나와 브랜든 215

에필로그 할머니가 되고서 '진짜 어른'이 되다 223

제 1 장

몰라도 너무 몰라

Hi, Anna

360도 회전, 잠버릇

애나는 먹고 자는 시간이 대부분인 신생아 때부터 엄마, 아빠 방에 애나의 침대를 따로 두어 잠을 재웠다. 거의 2시간마다 분유를 먹이고 기저귀를 갈아주는 일정한 패턴에서 분유량이 늘며 조금씩 체중도 늘었다. 먹고 자는 시간 사이에 눈을 마주치고 흑백 모빌을 보면서 노는 시간이 늘어나기 시작했다. 이즈음 할머니가 함께 지내려고 부산에 왔다. 그리고 할머니가 지내는 방으로 애나의 침대를 옮겨 할머니의 침대와 나란히 두고 자다가도 고개를 돌리면 애나를 볼 수 있게 했다.

낮에는 자는 곳과 분리하여 거실 창 아래에 매트를 깔고 가드를 설치해 놀이방을 만들었다. 한쪽 벽에는 스윙 바운서를 두었다. 낮에 잠을 잘 자지 않을 때는 애나를 바운서에 눕혀서 가벼운 진동과 잔잔한 클래식을 들려주면 쉽게 잠이 든다. 반대편 벽에 달린 타이니러브 모빌의 신나는 음악과 자연의 소리에 따라 팔, 다리를 움직여가며 신나게 논다. 꼬꼬맘처럼 움직이며 음악이 나오거나 꾹꾹 누르면 소리가 나는 애벌레 천 인형을 좋아하고 침이 묻어도 씻을 수 있는 책들을 좋아했다. 그러더니 애나의 성장에 따라 적극적인 행동을 하게 하는 체육관이 들어오고 에듀테이블과 책들이 점점 늘어나면서 애나의 놀이방이 비좁다는 생각이 들었다. 애나의 침대도 작아져서, 자면서 팔과 다리가 침대 밖으로 나오기 시작했다.

엄마, 아빠가 미리 준비해놓은 애나 방에는 커다란 침대가 있고 기저귀를 갈거나 목욕 후에 로션을 바르고 슈트를 찾아 입히는 서랍장이 놓여 있다. 그리고 커다란 옷장에는 외출할 때 입는 원피스와 니트 스웨터가 옷걸이에 걸려 있다. 그리고 액티비티센터 쏘서가 있고 어라운드 위고가 애나를 기다리고 있다. 커다란 책꽂이에 책들과 장난감이 벌써 한가득이다. 그런데도 애나 방으로 옮기기를 차일피일 미루었던 이유는 이제부터 애나가 이 방에서 혼자서 자야 하기 때문이다. 애나가 적응할 수 있을지 며칠간 고민이 되고 실시간 카메라를 설치해 밤에 혼자 재워도 위험하지 않을지 검증해야 하는 것 또한 염려되었다. 우리는 카메라를 애나의 침대가 잘 보이도록 방향을 잡아 설치했다. 각자 핸드폰에 조명 조절, 대화 기능이 있는 앱을 설치하여 작은 움직임과 소리에도 알람이 울리게 해두었다. 그리하여 깜깜한 밤에도 쪽쪽이는 입에 물고 자는지, 눈을 뜨고 있는지를 확인할 수가 있다. 깊이 잠이 들면 알람이 알려준다. 분명 잠이 깊이 든 애나를 확인하고 나왔는데 자다가 잠이 깬 애나가 바뀐 환경에 놀랐는지 심하게 울기를 며칠간 반복했다. 우리는 애나의 방문 앞에서 마음을 졸여가며 핸드폰을 바라보고 있다. 할머니는 바로 방에 들어가 다독거리고 싶으나 엄마, 아빠의 생각은 달랐다. 적응 기간이 길어지면 결국은 애나가 더 힘들다는 것이다. 엄마, 아빠의 생각처럼 지금 애나는 기특할 만큼 엄마, 아빠와 굿나이트 뽀뽀를 하고 바니 인형을 안고 할머니가 다독거려주면 금세 잠이 든다.

애나가 침대로 옮긴 후부터 엄마, 아빠와 할머니는 이때까지 몰랐던 애나의 잠버릇을 알게 되었다. 잠이 들때는 쪽쪽이는 물고 바니 인형을 안고 이불을 덮고 자지만 늦은 저녁 식사하다 보면 우리는 웃게 된다. 침대 모서리에 몸을 기역 자 형태로 해서 자고 있더니 어느 순간 니은 자 모양으로 자고 있고 혹은 엎드려 자고 있어 코가 눌릴까 봐 염려하며 지켜보고 있으면 어느새 180도로 움직여 머리와 다리 방향이 완전히 반대로 자고 있다. 이런 애나를 보며 아들은 애나가 엄마를 닮았다고 한다. 딸도 자면서 많이 움직이며 침대를 넓게 사용해서 아들은 겨우 침대 끝에서 잔다고 한다. 그래서 아들에게 나도 어릴 때 돌아다니면서 자는 버릇이 있어서 함께 주무시던 할머니께서 자다가 자주 더듬거리며 확인하셨다고 얘기했다. 한번은 같이 주무시던 할머니가 아무리 더듬어 찾아도 내가 없어 놀라서 온 가족을 깨워서 보니 발로 작동하는 재봉틀 틈 속에서 자고 있었다고 했다. 아들은 3대의 가족력이라고 놀리며 웃는 동안 애나는 어느새 360도 회전해서 제자리에 도착해 있다.

처음에는 애나의 자는 모습에 따라 긴장도 되고 볼륨을 최대치로 올려놓은 탓에 매번 시끄럽게 울리는 알림 메시지에 거의 잠을 제대로 잘 수가 없었다. 그러나 점차 애나의 잠버릇에 우리도 적응이 되어갔다.

어린이집을 다니면서 낮에 활동량이 많아져서인지 혹은, 그만큼 애나의 키가 자라서인지 처음보다 움직임이 줄었으나 여전히 애나는 밤마다 침대의 네 모서리를 확인하고 있다.

2

유레카

　12월이 생일인 애나가 올해부터 어린이집에서 0세 반에서 1세 반으로 올라가게 되었다. 그러므로 엄마와 할머니가 매일 데려다주고 데리고 왔는데 이제 어린이집 차로 등·하원을 하게 되었다. 그래서 아침마다 애나와 함께 어린이집 가방을 메고 차를 타기 위해 아파트 입구로 나가게 된다.

　애나는 겁이 많은 엄마를 닮은 것 같다. 엄마도 14개월이 되는 첫날에 걷기 시작해서 걸음마가 다른 아이들에 비해 늦은 편이었다. 애나는 엄마보다 한 달이나 더 늦은 15개월이 되어서야 몇 발자국씩 로봇처럼 어색한 걸음을 걷기 시작했다. 그래서 미리 사 놓은 운동화는 한 번도 신어보지 못한 채 작아진 게 여러 켤레이다. 나는 어린이집으로 등원하는 애나와 10여 분을 일찍 나와서 아파트에 딸린 작은 공원을 걷는다. 호기심이 많은 애나는 밤새 땅에 떨어진 나뭇잎을 "나무!"라며 줍기도 한다. 기어다니는 개미를 만지려고 손을 내밀기라도 하면 나는 슬그머니 "우리 보기만 하자."라며 손을 잡아당긴다. 그리고 분홍색, 파란색, 보라색의 여러 색깔이 어울려진 예쁜 수국이 필 때면 "꽃!"이라며 보고 달려간다. 할머니는 걷는 애나의 모습을 부지런히 핸드폰에 저장한다. 비가 오는 날에는 비옷을 입고 장화를 신고 나오면 유독 물을 좋아하는 애나는 물웅덩이를 찾아다니며 쿵쿵 발을 구르며 물이 튀는 것이 재미있어 한다.

매일 같은 시간에 차를 타기 전에 나와서 놀다 보면 여러 언니, 오빠들을 만나게 된다. 함께 배웅하러 나온 엄마들에게 "안녕!"이라고 인사를 할 때면 애나의 큰 장점인 친화력이 빛이 난다. 먼저 인사를 하는 애나가 예쁘고 사랑스러워 "안녕."이라며 인사를 나누게 된다. 이렇게 애나의 밝은 성품으로 아침을 환하게 시작하게 된다. 오후에도 어린이집 차에서 내리면 바로 집으로 들어가지 않고 아침처럼 공원에서 놀다 오는 걸 좋아한다. 강아지라도 만나게 되면 기뻐서 어쩔 줄을 모른다. 심지어 애나가 강아지를 덥석 만질 때면 강아지 주인과 나는 순간 놀라 서로를 떼어놓지만 어떤 분은 강아지를 데리고 애나와 한참을 놀아주기도 한다.

이렇게 지내는 동안 아파트 주민들을 위한 시설로 키즈카페를 오픈하게 되었다. 처음엔 '어떤 놀이기구들이 있나?' 하는 구경하는 마음과 애나가 잘 노는지 궁금한 마음으로 방문했다. 생각보다 애나가 미끄럼틀을 혼자서도 잘 타고 내려오며 너무 신나게 놀았다. 트램펄린에서는 붕붕 날듯이 뛰며 너무나 좋아하기도 했다. 아이들이 여러 명 같이 뛰고 있으면 나는 부딪칠까 염려하지만, 애나는 더 재미있어 한다. 이렇게 참새가 방앗간을 드나들듯이 애나는 어린이집 차에서 내리면 곧장 키즈카페로 달려가게 되었다. 이렇게 한 시간을 놀다가 간식 먹을 시간이 되어서야 집으로 가게 된다.

이날도 예상대로 당연히 에스컬레이터를 타고 키즈카페로 갈 줄 알았는데 갑자기 방향을 바꾸더니 생각지도 못한 편의점으로 쏙 들어가 버렸다. 몇 달을 가게 앞 공원에서 놀고서도 무심하게 지나쳤는데…. 너무 당황스러워하는 나에게 주인은 "어제 엄마, 아빠랑 함께 와서 아이스크림을 사 먹었어요."라며, 애나에게 "안녕."이라며 인사를 한다. 애나가 드디어 아이스크림의 맛을 알았고 편의점에 오면 맛이 있고 갖고 싶은 것이 많다는 것도 알아버렸다. 그래도 편의점에서 애나가 먹을 것을 찾는 것도 쉽지 않다. 애나가 선택해서 잡는 것은 보기에는 예쁜데 아직은 먹을 수 없는 젤리 같은 종류들이고 과자도 고르기가 쉽지 않아서 결국 작은 유기농 주스를 사서 나왔다.

그리고 집에 와서 엄마와 아빠에게 이 사실을 알려주며, "내일은 괜찮을까?"라고 물었다. 그리고 내일부터는 공원이 아닌 다른 입구로 다녀야겠다는 생각이었다.

그러나 우리는 애나를 잘 알지 못했다. 애나는 좋아하는 등원길과 하원길이 따로 있었다. 아침에는 엘리베이터에서나 어린이집 차를 기다리면서 25층에 사는 언니를 만난다. 로비 입구로 나와서는 예쁘다고 늘 안아서 입구까지 데려다주는 이모와 하트를 나눈다. 그리고 계절에 따라 달라지는 공원의 자연을 관찰하고 만지며 알아간다. 하원길에는 차에서 내리자마자 달려간다. 미처 따라가 잡기도 전에 편의점으로 들어가 주스를 쥐고 에스컬레이터를 타고 키즈카페를 가는 것이 애나의 어린이집 하원길 루트였다.

여행을 떠나는 응가

 딸을 어릴 때부터 키워주신 친정어머님은 '똥도 촌수를 가린다.'라고 하셨다. 그래서일까? 딸은 아주 어릴 때부터 외출해서는 어지간해서 변을 보지 않았다. 심지어 할머니 댁을 갔어도 참았다가 집에 오면 기다렸다는 듯이 한꺼번에 변을 보곤 하였다. 중학교 시절, 기숙사가 딸린 학교에 다녔을 때도 5일 동안 화장실 가는 것을 참다시피 하다가 토요일 오후에 집에 오면 냄새 심한 변을 보곤 하였다. 아기 엄마가 된 지금도 딸은 여전히 자유롭지 못한 것 같다. 그런데 어린 애나가 어떻게 엄마의 습성을 닮은 것인지 신기하기도 하다.

애나는 놀이방에서 혼자서도 페파의 사운드북을 보거나 에듀테이블 장난감을 가지고 잘 논다. 세모, 네모, 동그라미, 별 모양을 차례대로 누르며 소리를 듣거나 당겨보기도 하고 피아노 건반을 눌러 동요를 듣는다. 그리고 동물 울음소리를 따라 한다. 『달님, 안녕』책을 넘겨가면서 알 수 없는 말로 읽거나 달님처럼 혀를 내밀기도 한다. 『사과가 쿵!』이라는 책에 나오는 사과의 맛이 궁금하고, 사과를 먹으려고 오는 많은 동물을 알아가는 재미를 즐긴다. 『엄마, 아빠 이야기』책 속 사랑한다는 글에는 엄마, 아빠에게 사랑을 표현하듯이 애나는 가슴에 두 손을 얹는다. 동물 사진과 함께 털이 붙어 있는 책에서는 촉감을 느껴본다.

애나의 아침 시간표에 따라 아침 7시에 유산균과 분유를 먹이고 8시에 전날에 준비해놓은 이유식을 먹인다. 그 후 혼자 놀이방에서 노는 동안 할머니는 먹었던 분유와 이유식 용기를 씻고 삶아서 소독기 안에 넣어두고 애나가 어떻게 놀고 있는지 살피게 된다. 애나는 신나게 놀다가도 응가 마려움을 느끼면 슬그머니 일어나 창가 커튼 뒤에 숨는다. 처음에는 엉덩이는 나와 있는데 얼굴만 가리는 모습이 너무 귀여워서 장난을 걸었다. 살며시 다가가 "까꿍!" 하며 커튼을 걷으면 애나는 또다시 커튼으로 얼굴을 가린다. 할머니는 이쪽에서 "까꿍!", 저쪽에서 "까꿍!", 밑에서 "까꿍!"…. 커튼 자락을 젖혀가며 이렇게 장난을 걸면 흥이 많은 애나도 같이 까르르 웃었다. 하지만 "까꿍"에 응수하다 보면 응가 타임을 놓치게 되나 보다. 애나가 다시 블록 쌓기를 하고 논다 싶어 주방에라도 잠시 갔다가 오면 어느새 응가 냄새가 '솔솔~' 난다. 고소한 냄새가 나서 금방 알 수 있다.

이렇게 여러 번 까꿍 놀이를 하다 보니 애나가 응가가 하고 싶을 때 용을 쓰는 모습을 보여주기 싫어한다는 것을 알게 되었다. 커튼 뒤에서 얼굴을 숨기고 있지만 배에 힘을 주는 것이 보인다. 모른 척하고 있으면 금세 환한 표정으로 커튼에서 나와 원래 놀던 자리에서 장난감을 만진다. 그러면 얼른 기저귀를 확인하면 대부

분 응가를 한 상태이다.

하루는 거실에서 놀다가 응가가 하고 싶은지 갑자기 거실 커튼 뒤에 숨는다. 나는 거실 창턱에 부딪히기라도 할까 염려가 되어서 급하게 다가갔더니 "안녕, 안녕."이라며 다급하게 손사래를 친다. 그러고는 용을 쓰는지 조용하다. 그리고 잠시 후, 큰일을 해낸 듯 뿌듯한 모습으로 얼굴을 쏙 내민다. 할머니는 이런 모습의 애나가 너무 귀여워서 꼭 안아주면서 냄새를 맡는다. 역시 고소한 냄새가 '솔솔' 풍겨 나온다. 얼른 기저귀를 벗기고 욕실에 가서 씻기며 응가도 예쁘게 한다며 '엄지척'을 해주면 애나는 자신이 만든 작품이 신기한 듯 확인하고 돌돌 말아서 애나에게 주면 기저귀 통에 퐁당 넣는다.

엄마, 아빠는 애나에게 좋은 배변 습관을 길러주고 배변하고 싶은 애나가 커튼을 찾거나 숨을 곳을 찾지 않고 편하게 응가할 수 있게 오리 모양의 유아 변기인 꽉꽉이 친구를 장만했다. 조금 이른 감은 있지만 애나의 배변 습관을 도와주기 위해 배변 가리기 연습을 시작했다. 그리고 자연스럽게 배변 훈련에 도움이 되는『똥이 퐁당!』이라는 책을 가지고 놀았다. 버튼을 누를 때마다 '뿡뿡' 방귀 소리와 '콸콸' 변기에 물 내리는 소리가 나고 여행을 떠나는 응가 음악이 재미있다. 즐겁게 놀다 보니 어색했던 꽉꽉이 친구에 앉는 것이 편해졌는지 드디어 예쁜 응가 작품을 만들어냈다.

"우와~ 우리 애나 최고야!"

'엄지 척'을 하고 엄마, 아빠에게도 보여주며 다 같이 칭찬한다. 애나는 어깨가 으쓱해지고 애나 특유의 귀엽고 사랑스러운 미소가 번진다. 나는 애나가 응가도 얼마나 예쁘게 하는지 그저 신기하고 사랑스럽기만 하다. 애나는 거의 매일 아침에 여행을 떠나는 응가와 작별을 하면서 변기의 물을 내린다. 그리고 손을 씻고 세안과 가벼운 샤워로 상쾌한 하루를 시작한다.

4

물놀이는 언제나 룰루랄라

애나는 엄마, 아빠처럼 물에서 노는 것을 좋아한다. 엄마, 아빠가 여행을 가면 꼭 수영복을 챙기듯이 애나도 태어난 지 한 달쯤부터 벌써 목 튜브를 하고 물에 떠 있는 것을 경험하게 되었다. 처음에 겁을 내던 애나도 점차 팔, 다리를 자유롭게 움직이며 물에서 노는 것을 좋아한다.

아기 때부터 애나는 싱크대에서 아빠가 목욕시키는 것을 좋아했다. 커다란 아빠의 손에 안기는 것이 안정감을 주고 엄마는 귀에 물이 들어갈까 봐 조심히 씻기는 것에 비해 아빠의 생각은 귀의 구조가 쉽게 물이 들어가지 않게 생겼다며 시원시원하게 '뽀드득, 뽀드득' 씻긴다. 이것을 보고 있자면 할머니의 마음이 다 개운하다. 그리고 비스듬한 욕조에 등을 기대어 앉혀놓고 수도꼭지의 물을 틀면 애나는 손을 갖다 대어보고 거품으로 장난치기를 좋아한다. 거품을 한 움큼 걷어서 머리에 얹어주고 손으로 만져보고 몸에 비벼도 본다. 그리고 마지막 헹굴 때 아빠는 물을 한 컵 떠서 "쓰리, 투, 원, 제로!"라며 애나의 머리에 '슝~' 물을 붓는다. 애나는 눈을 깜빡이고 머리를 흔들며 타고 흐르는 물을 털어내며 까르르 웃는다. 애나에게 목욕 시간은 어릴 때부터 물에 대한 두려움을 없애고 놀이로 여기듯 재미있는 시간이 된다.

그리고 생후 6개월이 되면서 예약을 통해 수영장이 있는 키즈카페에 다녔다. 한 시간은 수영하고 한 시간은 카페에 비치된 장난감으로 놀 수 있는 곳이다. 우리는 국민 아이템 장난감들을 뒤로하고 바로 수영장으로 고고씽했다. 먼저 샤워하고 수영복으로 갈아입히고 양다리 사이에 튜브를 끼워서 풀장에 넣어주니 얼마나 좋아하는지…. 몸을 앞뒤로 흔들면서 나아가는 모습이 너무 귀엽다. 팔과 다리를 움직이며 물속에서 활짝 웃으며 신나게 노는 애나를 보며 엄마와 할머니는 '진작 데리고 올걸.' 하고 후회하며 연신 동영상을 찍는다. 그리고 근무하는 아빠에게 영상을 보내고 아빠는 영상통화로 회사 직원들에게 애나를 자랑하면서 뿌듯한 시간을 보내었다. 애나의 키즈카페 첫 나들이가 행복한 시간이 되었다. 그리고 연이어 한 주 뒤에 엄마, 아빠는 서울 갈 일이 있어서 할머니가 혼자서 애나를 카시트에 태우고 지난주에 왔던 키즈카페로 왔다. 이번엔 튜브를 바꾸어가며 엎드려서 팔로 물을 당기고 다리로 물장구를 치며 앞으로 나아간다. 주황색의 선글라스를 머리에 꽂아 멋도 부리고 함께 둥둥 떠 있는 장난감들과 같이 물놀이한다. 한 시간의 수영 시간이 너무 짧다는 생각이 들었다. 그리고는 피곤하였는지 소꿉놀이 장난감을 잠시 만지더니 연신 하품한다. 할머니가 운전해서 집으로 오는 30여 분 동안 애나는 차에서 깊이 잠이 들었다.

아빠의 근무 일정에 맞추어 미국으로 한 달 간격으로 두 차례 이삿짐을 미리 보냈다. 남은 두 달여 동안 아빠는 롯데호텔에서 지내고 엄마는 애나와 브랜든을 데리고 대구 할머니 집에서 지내기로 했다. 그리고 혼자 지내는 아빠를 위해 한 번씩 엄마는 애나를 데리고 부산에 가서 함께 쇼핑하고 맛있는 식사도 하고 수목원이나 미술 수업을 들으러 갔다 온다. 할머니는 연신 '대구에 온 애나가 어떻게 하면 재미있게 놀까?' 하고 생각한다. 할아버지와 함께 애나를 데리고 키즈카페 수영장을 가거나 공원의 긴 의자에 나란히 앉아서 '맴맴' 우는 매미 소리를 들으며 가지고 간 간식을 먹으며 소풍을 즐긴다.

아파트 근처 작은 어린이 공원이 여름이면 물놀이장으로 개장했다. 안전 요원의 지도하에 한 시간마다 40분 물놀이에 20분 휴식 시간이 있고 물의 깊이가 얕아서 어린아이를 둔 가족들이 많이 모인다. 그리고 다

양한 물놀이 기구가 설치되어 있다. 커다란 통에 물이
차면 위에서 쏟아져 내리고 미끄럼틀 계단을 올라가 미
끄러져 내려오면 바로 물에서 첨벙거리게 된다. 차가운
물줄기가 여기저기에 뿜어져 나와 보는 것만으로도 시
원하다. 한 번쯤은 애나도 데리고 가면 좋겠다고 생각
했는데, 드디어 날씨가 너무 더워지자 엄마는 애나를
데리고 물놀이하고 할머니는 차에 에어컨을 틀어서 브
랜든과 기다리기로 했다. 애나가 싫어하면 바로 데리
고 오기 위해서 대기하는 것이었는데 40분이 지나서 물
에 빠진 생쥐 모습으로 싱글벙글거리며 오는 둘의 모습
이 얼마나 예쁜지? 얼마나 신나게 놀았는지 전쟁터에서
이기고 돌아오는 개선장군 모습이 되었다. 애나의 기
저귀는 미처 방수 기저귀를 마련 못 해 퉁퉁 불어 있고,
딸도 젖을 것이라 예상을 못 했는데 애나가 갑자기 물
에 뛰어 들어가서 따라가다가 물 폭탄을 맞았단다. 젖
은 애나를 커다란 타월로 감싸서 닦고 애나의 기저귀를
새것으로 갈고 노란 끈 원피스를 입혀 카시트에 앉히고
딸은 젖은 채로 그대로 차에 타고 집에 도착했다. 애나

가 겁도 없이 혼자 미끄럼틀에 올라가서 내려오고 바닥에 있는 얕은 물에서 수영하느라 바닥에 엎드려서 열심히 팔, 다리를 저었단다.

그 후, 미국으로 떠날 날이 다가오자 캐리어를 꾸리러 딸이 부산으로 가고 마침 할아버지도 이때에 맞춰 여름 휴가를 내게 되었다. 할아버지는 애나가 물놀이장에 가서 엄마와 신나게 놀고 왔다는 말을 듣고는 애나를 데리고 물놀이를 가겠다고 한다. 할머니는 겨우 두 달이 된 브랜든을 안고 나무 그늘에서 앉아서 매미 소리에 푹 젖어 있다. 평소에 과묵하고 체면을 차리는 사람이라 애나와의 물놀이는 생각지도 못했는데 역시 손녀 사랑은 할아버지인가 보다. 온몸이 젖은 채 물총을 쥐고 열심히 애나를 따라다니는 모습이 낯설어 할머니는 자꾸 웃음이 난다. 애나가 떠난 올여름에도 시끌벅적 물놀이장에는 아이들의 웃음소리가 끊이지 않는다. 미국에 간 애나도 캠프장에서 노는 사진을 보내어왔다.

5

샤크

엄마가 동생을 임신하고 애나에게 친구들과 재미있게 놀게 해주려는 마음에 10개월이 되면서 어린이집에 다니게 해주었다. 그러면서 애나의 감기가 끝나지 않고 있다. 건강하게 잘 자라준 애나가 어린이집을 다니면서 시작된 감기는 조금 나아지는가 싶다가도 함께 지내는 여러 친구 중에 감기 걸린 친구가 있으면 금세 옮아서 완전히 낫기가 어렵다. 밤새 기침으로 힘들어하면 다음 날 아침 일찍 소아청소년과 병원을 찾아 며칠간의 시럽 형태의 약과 가슴과 등에 번갈아가며 붙이는 패치를 처방받아 오게 된다. 그러면 한동안 기침이 잦아들었다가

또다시 반복하기를 벌써 두어 달이 지나면서 애나는 체온이 39도로 올라가고 열이 내리지 않는다. 결국 애나는 부산성모병원에 입원하게 되었다. 엄마의 둘째 임신과 아빠의 출근으로 인해 할머니인 나와 함께 병실에서 지내야 한다. 둘이서 코로나 검사를 해놓고 결과가 나오기를 기다리는 한 시간이 얼마나 긴지 가슴이 두근거리고 괜히 목이 따갑고 열이 나는 것만 같은 착각은 또 웬일인지…. 다행히 음성이라 입원 절차를 밟는다. 병실에서 지낼 애나가 심심하지 않게 여행이라도 떠나듯 커다란 캐리어에는 애나가 좋아하는 바니 인형과 재미있는 그림과 이야기가 있는 동화책과 퍼즐 장난감, 그리고 동요가 나오는 마이크까지 한가득이다. 그리고 애나의 이부자리와 애나가 좋아하는 물고기 모양의 과자와 베이비 주스, 나를 위해 아들이 준비해준 간식과 커피가 있다. 염려하는 엄마, 아빠의 마음을 아는지 모르는지, 그래도 마냥 흥이 많은 애나는 병원에서 만나는 처음 보는 사람들에게 연신 '안녕'이라며 인사를 나누기 바쁘다. 아픈 아가가 맞나 싶을 만큼 웃으며 귀엽게 흔드는 애나의 손짓에 사람들에게서 '예쁘다, 귀엽다'라며 웃음으로 되돌아오는 칭찬을 은근히 즐기는 애나다.

 1인실을 정하고 캐리어를 열어 애나의 책과 장난감은 쉽게 손이 가는 곳에 두고 이부자리와 인형, 그리고 간식은 따로 정리하였다. 병원에서는 어린 애나를 위해서 침대가 아닌 온돌방을 배정해주었다. 그리고 애나에게 환자복을 갈아입히고 나니 간호사실로 오라는 호출을 받았다. 경험이 많아 보이는 간호사는 손에 링거 바늘을 꽂아야 한다며 애나의 조그만 양손을 이리저리 만지면서 약한 혈관에서 꽂을 곳을 찾고 있다. 내 마음은 벌써 콩닥거리고 곁에서 지켜보고 서 있는 간호사는 비치돼 있는 아이들이 좋아하는 스티커와 장난감으로 애나의 시선을 빼앗고 있다. 한참을 바늘 꽂을 혈관을 찾더니 드디어 고무줄로 손을 동여매자 두려움을 느낀 애나는 울기 시작했다. 애나의 아픔을 나 역시 차마 볼 수 없을 만큼 마음이 아파 애나를 꼭 껴안고 눈을 감았더니 눈물이 난다. 그래도 너무나 감사하게 주삿바늘을 단번에 꽂게 되어 다행이라고 생각하는데 이번에는 짜 내는 듯 채혈은 또 얼마나 많이 하는지 속이 상한다. 자 지러지며 우는 애나에게 시선을 돌리기 위해 "애나야, 이게 뭐야?" 하고 물었더니 애나는 울다가 내가 내민 상 어스티커를 보고 "샤크!"라며 대답하자 예상치 못한 간 호사들이 그 순간 웃음이 빵 터졌다. 생각지도 않은 영 어로 대답하는 것으로서 긴장된 분위기가 완전 해제돼 버렸나 보다. 애나가 너무 예쁘고 잘 참았다는 간호사 선생님들의 칭찬에 금세 기분이 좋아져 눈에는 눈물이 그렁그렁한데 입으로는 웃음을 짓는 애나가 너무 사랑 스럽다. 진료를 마치고 나오면서 "선생님, 안녕." 하고 인사를 하는 애나로 인해 우리는 웃음이 가득하고, "애 나야, 고맙다고 인사도 해야지."라고 할머니가 말하자 "고마워."라고 인사를 하는 애나의 매력에 간호사 선생 님들과 할머니는 푹 빠져든다.

그리고 나는 병실에서 애나와 5일간 함께 한 이불을 덮고 자게 되었다. 애나는 태어나면서부터 요람에서 자

다가 6개월이 되면서 엄마, 아빠는 애나만의 방을 예쁘
게 꾸몄다. 하얀색의 책장과 옷장을 준비하고 폭신한
아이보리 색상 매트를 깔고 문이 달린 예쁜 가드로 놀
이방을 만들었다. 그리고 오감 놀이 장난감들과 책들
을 정리해두었다. 그리고 하얀색의 침대에 레이스가 달
린 연한 핑크 침대보를 깔고 침대의 가장자리를 빙 둘
러 발이 나오지 않게 하였다. 그리고 혼자 잠을 재웠다.
물론 엄마, 아빠와 할머니는 카메라를 통해 실시간으로
볼 수가 있다. 할머니는 카메라를 켜놓고 작은 움직임
도 알 수 있게 볼륨을 높여놓고도 마음 편히 잠을 자기
까지는 시간이 한참을 지나야 했다. 혼자 침대에서 자
던 애나는 병실 바닥에 요를 깔고 할머니와 나란히 누
워 같이 자게 되자 마치 소풍 나온 아이처럼 자지 않고
자꾸 놀고 싶어 한다. 책을 좋아하는 할머니의 이야기
속에 애나는 점점 빠져 드디어 잠이 들었다. 침대 위에
서 360도 회전하며 잠을 자는 애나의 잠버릇을 위해 가
지고 온 인형과 베개로 성을 쌓아서 담을 넘어가지 못
하게 하였다. 그리고 '꽂고 있는 링거 바늘을 혹시 당겨

빠지기라도 하면 어쩌나' 하는 염려가 되어서 애나의 잠자리를 충분히 확보해서 재워야 했다. 낮에 낯선 병원 환경과 아파서 울고 피곤한 탓이었을까? 새근거리며 잠든 애나의 머리를 쓰다듬어보고 얼굴도 만져보고 손가락과 발가락을 꼭꼭 눌러주며 기도한다. 그리고 얼마를 잤을까? 역시 애나는 베개의 담을 넘어 나의 자리를 거의 점령했다. 살짝 안아서 다시 성안에 누이며 애나가 편하게 잘 수 있게 자리를 확보했다. 밤사이에 간호사들은 두 시간마다 애나의 체온을 재어 기록하고 링거액을 통해 항생제를 투여하며 애나의 건강 상태를 체크했다.

평소에 아침 일찍 일어나는 애나는 집에서처럼 병원에서도 누구보다 일찍 일어나서 우유를 먹고 〈아기 상어〉 노래를 틀어서 신나게 몸을 움직인다. 어제의 아픔은 간 곳도 없고 환한 미소로 새로운 아침을 맞는다. 내가 바퀴가 달린 링거 걸이를 밀며 따라가기도 힘들게 애나는 뛰어다닌다. 링거 줄이 팽팽해지지 않게 열심히 애나를 따라 근접하게 거리를 확보해야 한다. 그리고 애나의 인사가 시작되었다. 병실로 진료하러 온 의사 선생님에게도, 간간이 체크하러 온 간호사 선생님에게도, 그리고 어디가 아파서 병원에 왔냐고 관심 갖고 물어주는 사람들과 그저 스쳐가는 사람들에게도, 애나의 성품은 웃음을 띠게 하는 매력을 가지고 있다. 나는 애나를 따라다니며 소망을 품는다.

애나야, 빨리 나아서 링거 줄을 떼고 신나게 뛰어다니자! 그리고 퇴원해서 우리 키즈카페에 놀러 가자. 수영도 하고 미끄럼틀과 트램펄린도 신나게 타자.

6

한 번만… 됐다!

애나는 원하는 것이 있으면 중간에 쉽게 포기하지 않는다. 끝까지 고집을 부리면 보다 못한 아빠가 애나를 안고 놀이방에 들어간다. 그리고 할머니와 엄마는 모르는 체하고 있다. 아빠는 애나에게 열심히 예의를 가르치고 안 되는 이유를 설명한다. 그리고 아빠는 "OK?"라고 질문을 하고 "OK!"라고 애나는 대답한다. 그리고 아빠는 애나를 꼭 안아주고 애나가 필요한 것으로, 아니면 다른 것으로 기분을 좋게 해준다. 언제나 아빠 훈계의 끝은 "I LOVE ANNA."이다.

애나의 성장을 알 수 있는 것은 애나가 관심 있어 하는 것이 많아지고 애나가 주장하는 것이 많아지는 것이다. 엄마는 애나의 요구가 점점 많아지므로 검지를 세우고 "한 번만!"을 알려주었다. 애나가 페파의 영상을 보기 위해 TV를 켠다. 그리고 이리저리 채널을 막 돌린다. 엄마는 이유를 알기에 애나와 약속을 한다. "애나야, 한 번만 보자."라며 손가락을 건다. 그런 후에야 〈페파 피그〉의 영상을 본다. 페파 가족이 토끼 가족과 수영장에서 신나게 노는 영상은 짧아 금세 끝이 난다. 이미 내용을 아는 애나는 영상이 채 끝이 나기 전에 얼른 검지를 세워서 엄마에게 "한 번만!"을 말한다. 다른 영상을 하나 더 보고 싶다는 것이다. 엄마는 애나에게 약속을 상기시키며 영상을 끄려고 한다. 애나는 다급하게 "한 번만!"을 외친다. 엄마는 애나의 눈을 보며 "이번한 번만 더 보는 거야."라고 하면 애나는 기분이 좋아진다. 이번엔 핑크퐁의 〈상어 가족〉을 선택한다.

"아기 상어 뚜루루 뚜루 귀여운 뚜루루 뚜루 바닷속

뚜루루 뚜루 아기 상어."

신나게 몸을 흔들고 이리저리 발을 구르며 춤을 춘다.

"엄마 상어 뚜루루 뚜루 어여쁜 뚜루루 뚜루 바닷속 뚜루루 뚜루 엄마 상어."

"아빠 상어⋯⋯." 즐거워하다 보면 금세 끝이 난다. 그리고 엄마는 TV를 끄고 "다음에 또 보자."라고 기약한다.

애나는 "고마워."하며 한 번 더 본 것으로 만족하고 다른 놀이를 찾는다.

그러나 상대가 할머니일 때는 달라진다. 이미 애나는 할머니는 애나의 부탁을 거절하지 못한다는 것을 알고 있다. 할머니 역시 애나가 알고 있다는 것을 알기에 여간해서 영상 보기를 시작하지 않는다. 할머니는 '한 번만'을 약속하고 시작하지만 연이어 다른 영상들을 보고 싶어 하는 것을 과감하게 "이제 그만." 하고 끊어버리는 것이 잘되지 않아 딸에게 핀잔을 듣는 일도 생겼다. 딸은 "엄마, 애나가 한 번만이 열 번도 되는 줄 알겠어."라며 애나에게 제대로 교육이 되기를 바란다. 그래서 할머니는 나름 고민해서 선택한 것이 두어 번 영상을 보고 나면 애나에게 "이제 한 번만 더 보면 핸드폰이 꺼질 거야."라고 말하고 애나도 "고마워."라고 한다. 그리고 영상이 끝날 즈음에 자연스럽게 전원 버튼을 꾹 눌러 애나가 모르게 핸드폰을 완전히 꺼버린다. 이러면 애나는 아무리 눌러봐도 소용이 없다는 것을 안다. 그리고 나면 우리는 자연스럽게 책으로 옮겨갈 수가 있다. 애나가 책 속에서 만나는 친구들이 훨씬 재미있다는 것을 알게 되기를 기대하며 재미있게 퍼즐을 맞춘다. 도형 모형 틀에 동그라미, 세모, 네모, 별, 오각형을 맞춰 놓고 과일 모형 틀에는 애나가 좋아하는 딸기 그리고 포도, 아보카도, 사과 모양을 찾아 끼운다. 그리고 동물 모형과 아직은 어려운 숫자판까지 흩어놓고 찾는다.

애나가 언제부터 누구에 의해서 익힌 말일까? "됐다. 됐다."를 말한다. 영어만 사용하는 아빠는 아닐 거고 할머니와 엄마와 놀면서 익힌 것일 것이다. 애나가 며칠

만에 연거푸 병원에 입원했었다. 후두염과 폐렴으로 4일간 입원했다가 퇴원하고 의사 선생님과 의논하여 어린이집에 다시 가면서 파라 바이러스와 장내 바이러스 감염으로 다시 입원하게 되었다. 고열이 나고 입안과 팔, 다리에 물집이 생겨서 애나가 너무 힘들어했다. 흥이 많은 애나가 축 처져 있는 모습에 마음이 아프다. 더구나 다시 손등에 링거 바늘을 꽂아야 한다는 것은 차마 지켜보기에 마음이 너무 아프다. 간호사실에 도착해서 할머니는 애나를 꼭 안고 간호사는 애나의 손을 이리저리 만지며 혈관을 찾고 있다. 애나는 이미 경험했기에 벌써 눈물을 보이며 울기 시작한다. "애나야, 조금만 참자. 선생님, 우리 애나 아프지 않게 해주셔요." 한다. 할머니가 애나를 위로하는 말이지만 간호사 선생님께 제대로 단번에 잘 꽂아 두 번 아프지 않게 해달라는 부탁이기도 하다. 그리고 링거 바늘이 꽂히고 애나는 울면서 "됐다. 됐다."를 외친다. "그래 애나야, 이제 됐다." 그리고 할머니는 애나가 잘 참아주어서 고맙고 이제부터 건강하게 잘 자라기를 기도한다.

7

하늘의 친구들

애나는 아기 때부터 목욕하는 시간을 좋아한다. 울다가도 물을 틀어 '쏴아아~' 물소리가 나면 울음을 뚝 그치며 커다란 눈을 동그랗게 뜨고 쳐다보는 모습이 여간 귀엽지 않다. 잠투정이 있거나 칭얼거리는 날이면 저녁 목욕 시간 전에 낮에 가볍게 샤워하고 나면 얼마나 기분이 좋은지 방실방실 웃는다. 물과 친숙한 애나는 비가 오면 "물."이라며 비를 좋아하고 비가 갠 후 나뭇잎에 대롱대롱 맺혀 있는 물방울이 손바닥에 떨어지는 촉감을 좋아한다.

8개월이 시작되고 파니파니스쿨에서 날씨에 대한 수업이 있고 난 후, 할머니와 애나는 하늘 보는 것을 좋아한다. 애나가 잠에서 깨어나 침대에서 안고 거실로 나오면 해님이 반짝반짝 애나에게 눈인사한다.

매일 22층의 아파트 거실 통창을 통해 보는 아침 풍경은 너무나 예쁘다. 파란 넓은 하늘은 날씨 친구들인 해님, 비, 바람, 구름, 눈, 무지개를 위해 기꺼이 스케치북이 되어준다. 할머니는 애나를 안아 창에 바짝 다가가 바로 눈앞에서 펼쳐지는 뭉게구름의 멋진 작품들을 감상한다. 부드럽고 달콤한 솜사탕 구름, 먹구름을 잔뜩 머금은 어흥 구름, "매애애~" 양의 울음소리가 어디서 들려오는 것 같은 양 구름을 애나와 함께 찾는다. 그리고 수많은 말들이 먼지를 일으키며 달리는 것 같이 커다란 구름덩이들이 켜켜이 층을 이루어 움직이는 장관을 넋을 잃고 보고 있다. 구름의 움직임에 시선을 두다 보면 보이지 않는 바람을 보게 된다. 까마득한 발아래에 예쁜 애나에게 강아지가 꼬리를 흔들듯이 살랑살랑 부는 바람에 나뭇잎이 춤을 추고, 힘자랑하는 '슈우웅~ 수우웅웅!!' 거침없는 바람이 불 때가 있다. 추운 겨울 바깥은 너무 춥다며 애나에게 쌩쌩 바람이 창문을 두드린다.

그리고 먹구름과 바람이 비를 데리고 온다. 또닥또닥 빗소리에 애나는 밖으로 나가자고 할머니의 손을 끌고 현관으로 가 신발을 신겨달라고 조른다. 애나를 유모차에 앉혀서 1층 로비에서 어슬렁거리며 비가 그치기를 기다리곤 하였다. 그리고 애나가 걷기 시작할 때 엄마는 애나에게 노란 비옷과 장화, 우산도 사주었다. 이제 비를 맘껏 즐길 수가 있어 좋다. 비가 오면 노란 병아리가 총총 걸어 다니듯 애나는 물웅덩이를 찾아다닌다. 그리고 작은 물웅덩이에 두 발을 넣어 맘껏 물장구를 친다. 옆에 있으면 물이 튀어 옷이 젖게 되고 할머니가 "어이쿠!" 하며 얼른 도망가는 모습조차 장난스러운 애나의 물놀이에 재미를 더해준다. 까르르 까르르 둘이서 웃다 보면 비 오는 날이 신나는 날이 된다. 그리고 어느 날은 비 온 뒤에 22층에서 신비한 무지개 친구를 만난다. 알록달록 애나의 크레용 색깔 친구들을 하늘에서 만나 반갑고 만지고 싶어 발돋움하지만 보이는 것보다 '훠~~~얼씬' 먼 거리에 있다는 걸 애나가 자라면 알 수 있을 것이다. 애나의 생글생글 웃는 모습이 지금도 할머니의 입꼬리를 쫙 당겨 올려준다.

애나는 보이는 모든 것이 신기하고 그 신기한 것을 알고 싶은 호기심이 많은 친구다. 그래서 애나에 대한 사랑이 많은 할머니는 애나의 호기심을 자극하고 함께 부딪쳐 알아보기 위해 늘 놀거리를 생각한다. 이런 관점에서 매일 달라지는 하늘의 그림은 애나의 흥미를 끌기 충분하다. 그리고 밤에 만나는 하늘은 수많은 반짝이는 조명이 보여주는 아름다움이 시선을 끈다.

부산은 거의 눈이 오지 않는다. 눈이 소복소복 쌓이는 것은 그림책이 대신해준다. 그림책 속의 아이가 아침에 눈을 떠보니 자는 동안 세상이 하얗게 바뀌었다. 하얀 세상으로 나와 발자국 그림을 남기며 온 동네를 걷는다. 그리고 눈이 소복이 쌓인 나뭇가지를 흔들어 눈을 맞아본다. 그리고 눈이 덮여 있는 신호등도 만난다. 그리고 친구들과 신나게 눈싸움을 하고 집으로 돌아와 씻는다.

애나는 눈을 볼 수 없는 여름에 미국으로 갔다. 눈을 알려줄 기회를 얻지 못하였으나 엄마, 아빠를 통해 알아갈 것이다. 하늘에서 내리는 하얀 눈을 보면 애나는 얼마나 신기해할까? 눈이 몸에 닿을 때 비를 처음 알았을 때보다 더 신기하고 즐거워하겠지? 애나가 좋아서 어쩔 줄 모르는 싱긋이 입꼬리를 올리며 웃는 모습이 그려진다. "애나야, 사랑해. 그리고 너무 보고 싶구나!"

8

딸기 사랑

애나가 6개월이 되면서 이유식을 시작하는 시기가 되었다. 그러면서 요리하기를 좋아하는 아빠의 요리 도구들과 할머니로서는 알 수 없는 세계적인 다양한 소스가 들어 있는 병들로 가득 찬 공간에 애나 이유식을 위한 별도의 도구들이 자리를 차지하게 되었다. 큼직하고 무거운 아빠의 요리 도구에 대비되는 애나의 작고 앙증맞은 이유식 도구들이 주방을 점령하게 되었다. 그리고 매번 애나의 식기들을 열탕 소독하는 스테인리스 냄비와 계량컵과 저울이 한 공간을 차지하고 있다. 그리고 젖병 소독기 안에는 열탕 소독을 한 젖병 외에도 이유식 그릇과 숟가락과 포크가 자리를 차지하게 되었다. 애나의 이유식을 위해 별도의 칼과 여러 색깔의 도마가 준비되고 작은 냄비와 프라이팬, 여러 개의 스패출러가 어릴 때 소꿉놀이를 했던 것처럼 주방을 장식하였다. 그리고 성장하는 애나를 위해 조절이 가능한 꽤 비싼 아기용 식탁 의자를 장만했다. 그리고 엄마와 아빠는 밤늦은 시간 동안 이유식 책들을 펼쳐놓고 의논하면서 그달 그달의 이유식 식단을 짜서 냉장고 문에 식단표를 붙여놓으면 할머니는 적힌 대로 애나가 건강하게 다양한 맛의 세계를 접하는 재미를 알게 해주었다.

할머니인 나는 이름조차 생소한 야채들도 있고 혹은 익숙한 것들도 있다. 단일 구성으로 찜기에 찌고 믹서로 간 후, 30g씩 저울에 달아서 큐브 틀에 담아 냉동실에 얼려두었다. 냉동실에는 알록달록 다양한 색깔의 큐브 모양의 이유식들이 자리를 넓혀가고 있다.

흰색의 콜리플라워부터 당근, 호박, 가지, 샐러리, 브

60   하이 애나, 나는 한국 할머니란다!

로콜리, 시금치, 파프리카, 고구마……. 이렇게 다양한 야채들이 주는 본연의 맛을 알게 해주면서 혹시나 있을지 모르는 알레르기 반응을 보기 위해 하루에 두 번씩, 한 가지의 채소를 이틀씩 먹이면서 반응을 살폈다. 처음에는 당근을 먹일 때 입 주위가 살짝 붉어져서 염려되었는데 다음 날에는 아무렇지 않아서 다행이었다. 그리고 한 달이 지나면서부터는 우리나라 엄마들이 보통 많이 시작하는 쌀을 불려서 만든 미음이나 발아 현미와 오트밀이 베이스가 되고 두부와 소고기, 닭고기, 흰살 생선이 더해지면서 훨씬 풍부한 맛들을 접하게 되었다. 이러면서 우리는 애나가 좋아하고 싫어하는 조합이 있다는 것도 알게 되었다. 푸른 완두콩과 브로콜리의 맛과 식감이 싫은지 단맛의 채소와 섞어도 용케 알아차려서 먹기 싫다고 혀를 내밀곤 한다. 이 모습이 너무 귀여워서 핸드폰에 담아두기도 하고 대구에 떨어져 지내는 할아버지에게 보내기도 한다. 애나는 먹기 싫어하는 것일수록 온통 입가와 턱받이에 묻어난다. 그리고 애나에게 이제는 채소에 여러 가지 과일을 섞어 먹이기 시작하였다. 끼니마다 조금씩 바나나부터 상큼한 사과와 단맛이 나는 수박 그리고 체리, 블루베리, 키위, 망고, 용과, 귤, 포도 등 다양한 맛있는 맛을 알아가게 해주었다. 어릴 때 다양한 맛을 접해야 커서도 편식하지 않게 된다는 것을 인식하면서 잘 먹으려 하지 않는 것도 좋아하는 것과 잘 섞어서 입맛을 점차 적응시켜나간다.

애나가 과일을 좋아해서 매번 이유식과 과일을 같이 쟁반에 담아 주었다.

체리나 블루베리도 좋아하고 파인애플도 잘 먹는다. 그중에서 특히 애나는 딸기를 너무 좋아한다. 말을 시작하면서부터는 매번 식탁 의자에 앉히면 "딸기~ 딸기!"를 달라고 한다. 옷장에 걸려 있는 옷 중에서도 딸기가 그려져 있는 원피스를 좋아하고 거기에 맞춰 딸기 타이츠를 입힌다. 그리고 양쪽 깃에 작은 딸기가 그려진 셔츠를 입기를 더 좋아한다. 그리고 그림책에서 용케 딸기를 찾아내고는 딸기를 달라고 냉장고 문에 매달린다. 돌이 지나고 분유를 끊고 우유를 먹게 되면서부터 아침은 철분 시리얼에 유산균을 넣고 딸기를 썰어서 섞어주면 한 그릇을 먹고도 딸기만 별도로 두어 개를 먹어야 아침 식사가 끝이 난다. 혹시 입맛에 맞지 않는 이유식이라도 잘게 썬 딸기가 얹어지면 맛있게 받아먹는다. 그래서 엄마와 할머니는 애나의 딸기 사랑을 이용해서 먹기 싫어하는 브로콜리와 섞기도 하고, 최선을 다해 만든 이유식의 조합이 나빠 영 맛이 없을 때도 딸기를 섞어서 먹이면 감사하게도 잘 먹게 되어 참 다행이다. 그리고 잠이 오거나 기분이 좋지 않은지 영 말을 듣지 않고 고집을 부릴 때면 "애나야, 우리 딸기 먹을까?"라고 하면 언제 그랬냐는 듯이 할머니가 딸기를 가져올 동안 조용히 기다린다.

이런 애나를 위해 할머니는 매주 부산으로 갈 때면 언제나 딸기 사 가는 것을 잊지 않는다. 심지어 4월, 5월이 되면 딸기가 끝물이라 내 입맛에는 달지도 않고 시큼하기만 한 것 같아 평소에는 살 생각도 하지 않았지만, 애나는 여전히 잘 먹고 늘 딸기를 찾는다. 그래서 자주 가는 마트에 딸기가 보이지 않으면 다른 마트로 찾아다니며 딸기 사기를 주저하지 않는다.

오랫동안 일했던 나는 집에서 여유롭게 음식을 만들어 식구들과 함께 식사하는 시간이 많지 않았다. 모처럼 뭔가를 만들어보려고 하면 언제나 딸과 남편은 그냥 있으라고 했다. 아마 집 안 가득 냄새만 풍기고 맛은 영 아니었기 때문일 테다. 그러나 코로나로 나의 일이 강제로 중지되고 딸이 미국인과 결혼을 하고 임신하면서 나는 요리를 잘하지 못하는 엄마에서 만능 엔터테이너 할머니가 되어야 했다. 그리고 나는 여러 분야의 전문가들을 유튜브에서 만나게 되었다. 특히 유튜브의 요리 샘들을 따라 하다 보니 실패하지 않고 꽤 맛있는 음식들을 만들 수가 있었다. 코로나 시국에 마음대로 외식을 할 수 없는 환경에서 아가를 가진 딸과 한국이라는 낯선 나라에 온 아들을 위해 엄마이자 할머니가 주어진 상황에 최선을 다하게 되는 데 큰 도움이 되었다. 아들과 딸이 좋아하는 갈비찜과 장조림도 만들고 더덕구이를 한다. 그리고 우리 가족 모두가 좋아하는 김밥과 잡채도 만들어 부산 가는 날이면 마음이 뿌듯함으로 가득하다. 딸을 위해 생선을 깨끗이 손질해서 구워 먹일 기쁨도 좋지만, 애나가 좋아하는 딸기를 발견해서 사 가는 기쁨을 이기지는 못한다. 기온이 점점 올라 여름이 다가오면서 딸기는 찾을 수가 없어졌다. 그 대신 수입 과일들이 애나의 마음을 끌고 있다. 부산으로 접어들면 먼저 농수산물시장에 가서 장을 보며 애나를 위해 체리와 블루베리를 사거나 키위와 포도를 사기도 한다. 이렇게 한국에서 태어나 세 살이 된 애나에게 어느 날 귀여운 동생이 태어나고 아빠의 일에 맞춰 엄마, 아빠와 함께 미국으로 가게 되었다.

든 자리는 몰라도 난 자리는 안다고 했던가? 8월 더위가 끝날 즈음에 미국으로 간 애나와 동생 브랜든 그리고 딸과 아들이 보고 싶다. 2년 뒤에 다시 한국으로 발령받아 오기를 희망하며 떠났다. 그리고 여의찮을 땐 남편과 우리가 미국으로 얼굴을 보러 가기로 했다. 이제 곧 가을이 되고 추운 겨울이 되고 봄이 오기 전에 다시 딸기가 "짠!" 하고 나타나기 시작할 것이다. 여기저기에서 딸기를 볼 때마다 애나가 더 많이 보고 싶을 것 같다. 애나야, 사랑해!

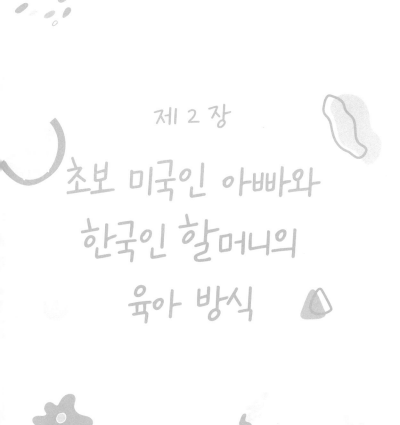

제 2 장

초보 미국인 아빠와
한국인 할머니의
육아 방식

Hi, Anna

9

할머니는 공부 중

딸이 태어나고 자라는 동안 나는 친정 부모님의 전폭적인 도움을 받아 가며 일할 수가 있었다. 그리고 유난히 아기들을 좋아하시기도 했거니와 맏딸이 낳은 첫 손주라 딸에 대한 친정 부모님의 예쁨이 남달랐다. 부모님은 딸이 바닥에 누워 있을 새도 없이 안거나 업고 키우셨다. 조금 아프기라도 하는 날이면 밤새 잠을 설치는 분은 내가 아닌 부모님이셨다. 동생들의 조카에 대한 사랑도 지극하여 결혼 전인 이모는 퇴근길에 자주 아기용품 가게에 들러서 태어난 지 얼마 되지 않은 사랑스러운 조카에게 선물 공세를 한다. 백일이 채 안 된

조카에게 너무 예쁘다며 하얀 리본이 달린 보행기 신발을 미리 사 오기도 하고 귀여운 토끼가 붙어 있는 어깨에 메는 빨간 가방을 사놓고 조카가 빨리 자라서 함께 놀러 다닐 것을 기다리며 애정을 쏟는다.

이렇게 온 가족의 사랑 속에서 예쁘게 자라준 딸이 사랑하는 미국인과 결혼하고 부산에서 회사 다니면서, 내가 지은 태명인 까꿍이를 임신하게 되었다. 나도 친정 부모님께 배운 사랑을 딸에게 주기 위해 본격적으로 할머니가 될 준비와 공부를 시작한다. 임신과 출산에 관한 책이며 유튜브를 통해, 다양한 분야의 전문가의 필요한 지식과 정보들을 노트에 빼곡히 적고 일하느라 바쁜 딸에게 알려주기 위해 정리한다. 그리고 임신 주 수에 따라 산모에게 필요한 천연 영양제를 보내고 꼬박꼬박 잘 챙겨 먹는지 확인했다. 그리고 출산용품 리스트를 뽑아서 딸이 미리 준비해놓은 것 외에 사야 할 용품들은 주문해서 부산으로 보냈다. 그런데 출산 예정일을 두 달 남짓 남겨둔 어느 날 밤, 아기 옷들을 세탁해놓고 출산 가방을 미처 싸놓기 전 갑자기 양수가 터져 긴급한 상황에서 조산하게 되었다. 그리고 제왕절개를 한 딸을 위해 아들이 함께 병실에서 지내는 동안 코로나로 병원 출입이 제한되어서 외출이 되지 않는 상황이다. 이 상황에서 조산한 까꿍이는 호흡이 염려되어 큰 병원으로 옮겨야 했다. 남편과 나는 부산으로 가는 중에 지인의 도움으로 부산성모병원의 신생아집중센터를 추천받게 되었다. 출산한 병원에 도착하자마자 5층 입원실 창문을 통해 딸, 아들의 얼굴을 보니 가슴이 뭉클하고 대견하다. 우리는 기쁨을 나누기도 잠깐, 남편과 나는 인큐베이터에 있는 까꿍이를 바로 병원 응급차에 태워 함께 성모병원으로 가는데 가슴이 얼마나 뛰었는지. 까꿍이와의 첫 만남은 너무나 경이롭고 소중한 순간인 한편, 코로나 검사로 인해 아파서 우는 소리에 가슴이 얼마나 아팠는지. 지금 생각해도 가슴이 두근거린다.

까꿍이를 신생아집중센터에 입원시키고 남편과 딸의 집에 도착하니 눈앞에 펼쳐진 풍경에 눈물이 난다. 성탄절을 가족과 다 함께 보내기 위해 꾸며놓은 크리스마스트리에는 다양한 빛깔과 크기의 방울들이 거실의 통창을 통해 들어오는 햇빛을 받아 반짝이고 있다. 그리고 거실 입구에 있는 콘솔에는 루돌프 사슴이 끄는 썰매에 선물 꾸러미를 가득 실은 산타 할아버지가 우리를 반갑게 맞이한다. 그리고 식탁에는 예쁜 성탄 소품들이 놓여 있고 거실 창문에는 커다란 양말 네 짝과 작은 양말 하나가 붙어 있다. 아마 작은 양말은 까꿍이 것이다. 엄마만큼이나 까꿍이도 호기심이 많은가 보다. 엄마, 아빠가 어떤 분들인지, 세상은 또 어떤 곳인지 너무나 궁금했나 보다. 그래서 7주나 일찍 태어난 까꿍이 생일은 크리스마스 3일 전인 12월 22일이다. 양수가 묻은 침대의 이불들을 다 걷어내어 세탁하고 집 안을 말끔하게 청소해놓고 우리는 미처 경황 없이 오느라 준비하지 못한 축하 선물을 준비하기로 했다. 딸과 아들을 위해 칼로 깎지 않아도 되는 과일들로 바구니를 만들었다. 특히 향이 좋고 오렌지 빛깔이 예쁜 천혜향과 샤인 머스캣을 신중하게 골라 담았다. 그리고 딸과 아들에게 필요한 용품들을 챙겨서 병원에 도착했다. 병원 1층 입구에 가지고 간 것을 두고 병실 5층 창문을 통해 우리는 다시 반가움과 기쁨을 나누며 서로를 축하하게 되었다. 엄마, 아빠가 된 것을, 할머니, 할아버지가 된 것을 축하했다.

 딸이 일주일 지나 먼저 퇴원하고 까꿍이도 건강하게 잘 자라주어 의사 선생님의 예상보다 빨리 집으로 올 수 있었다. 이제 딸에게 알려주려던 출산 임박 7가지 신호는 필요가 없어졌다. 그리고 3주 동안의 산후관리사님의 방문 덕분에 나는 유튜브로 배운 이론이 아닌 실전을 익히게 되었다. 임신으로 인해 변화된 딸의 몸이 제대로 회복되기를 바라며 몸의 부기를 빼고 모유 수유를 위해 출장 마사지를 받는 것도 권하게 되었다. 출산 후 부종과 몸의 노폐물을 빼는 데 산모에게 최고인 미역국을 싫증이 나지 않고 맛있게 먹이기 위해 끓일 때마다 유튜브 요리 전문가를 따라 소고기, 북어, 대합, 조갯살로 번갈아가며 넣고 심심한 반찬에 입맛을 잃지 않기를 바라며 최선의 노력을 해본다.

　겨울에 태어난 신생아가 목욕할 때 방 온도는 26~28
도로 맞추고 물 온도는 38~40도, 헹구는 물은 1도 더
높게 준비한다는 정리된 노트를 읽어가며 방과 거실의
온도계를 확인하고 있다. 그리고 잠투정이 심할 때는
저녁 5~7시 사이에 목욕시키는 것이 좋다. 목욕시키는
방법은, 먼저 면 손수건으로 눈부터 씻기고 난 후 얼굴
을 씻기고 물기를 닦아준다. 그리고 머리를 감을 때는
불안하지 않게 "쉬쉬~" 소리를 내면서 귀에 물이 들어
가지 않게 조심해야 한다. 그리고 춥지 않게 머리의 물
기를 먼저 닦아내야 한다. 그리고 몸을 푹 담그는 것이
아니라 다리와 엉덩이를 살짝 담그고 등, 겨드랑이, 손,
엉덩이, 사타구니, 무릎 뒤쪽, 발가락도 꼼꼼히 씻기고
헹군 후 잽싸게 감싸서 물기를 꼭꼭 눌러서 마사지하듯
이 닦아준다……. 이렇게 잔뜩 적혀 있는 공부한 흔적
의 노트는 어느 날부터 머리에 저장이 되고 자연스레
행동으로 이어가면서 나의 손에서 멀어지게 되었다.

까꿍이의 탯줄은 배꼽 소독과 목욕시킬 때마다 항상 조심스러웠는데, 어느 날 자연스럽게 떨어져 예쁜 유리병에 보관하면서 까꿍이 삶의 여행 이야기가 되었다. 태명인 까꿍이에서 엄마, 아빠의 사랑으로 지은 이름인 애나가 되어도 할머니는 열심히 공부한다. '먹 · 놀 · 잠'을 잘하기 위해 애나의 하루하루 시간들을 기록하면서 엄마와 의논한다. 연령별 놀이를 위해 책과 장난감들을 준비하고 6개월부터 이유식을 시작하면서 알아야 할 것이 훨씬 더 많아졌다. 할머니가 된다는 것은 만능 엔터테인먼트가 되어야 하나 보다.

특히 엄마로서 충실하지 않았던 나는 기본기가 너무 없었던 상태라 모든 것이 새롭고 경이롭고 신기하다. 생명의 위대한 탄생은 곧 창조주 하나님의 위대한 사랑임을 느낀다. 그분을 향해 뜨거운 마음으로 아이들을 위해 기도하는 나는 엄마이고 할머니이다.

10

미국인 아빠와 한국인 할머니

　미국인 아들의 시선 덕분에 한국인 할머니의 손주 사랑에 대해 생각하게 되었다. 미국인 할머니의 생각은 어떤지 알 수 없지만, 애나를 돌보면서 아들과 사소한 의견 충돌이 있었다. 그때마다 딸의 통역으로 우리는 꽤 긴 시간의 대화를 해야 했다.

　특히 애나가 이유를 모르는데 울기라도 하면 우리는 모두 처음 겪는 일이라 각자의 생각대로 애나를 대한다. 할머니는 우는 애나를 엄마, 아빠가 빨리 안고 달래주지 않아 오래 우는 것 같이 생각되고 엄마, 아빠는 평소에 할머니가 늘 애나를 안고 있어서 할머니가 없을 때 힘이 든다고 한다. 애나와 많은 시간을 보내는 할머니가 무조건적 사랑으로 애나를 돌보는 것에 아들은 한 번씩 제동을 건다.

우리의 정서에, 할머니는 손주들이 원하는 것은 들어주고 안 했으면 하는 것들일지라도 떼를 쓰면 끝까지 제지하지 못하고 슬그머니 들어주고 만다. 밥을 먹일 때도 한 숟가락이라도 더 먹이기 위해 밥그릇을 들고 따라다닌다. 그래서 자칫 할머니가 키운 아이는 버릇이 없다는 말이 나오기도 한다. 그만큼 손주는 자신의 자녀를 키울 때 느끼지 못한 또 다른 무조건적 사랑의 감정을 가지게 된다.

사랑 표현이 많은 친정 부모님 손에 딸을 키웠던 할머니는 딸과 함께 있는 동안 애나가 잘 자랄 수 있게 최선을 다하고 싶었다. 딸의 임신 소식을 들으면서 바로 영상들을 찾아가며 공부를 시작했다. 그러나 의욕은 컸지만, 이론과 실전의 차이는 분명 크다.

에릭슨은 심리·사회적 발달 과정을 8단계로 나누고 사람이 태어나면서 죽을 때까지 사회라는 관점으로 나이에 따라 각 단계의 위기를 극복하면서 성장한다고 한다. 앞의 단계를 긍정적으로 잘 넘기면 다음 단계도 잘할 수 있는 선순환으로 성장하지만, 때에 따라 부정적인 단계를 보내었더라도 다음 단계를 잘할 수도 있다. 그러나 더 큰 노력이 필요하다.

특히 첫 단계인 태어나서 한 살까지의 일들을 아기는 인지적으로 기억하지는 못하지만, 정서적으로 몸에 남겨져 삶의 질을 평생 좌우하는 중요한 시기이다. 아기는 부모와 세상에 대한 신뢰를 둠으로써 '안전한가'를 확인하고 희망을 품고 탐험하는 용기를 가지게 된다. 그러나 불신은 아기에게 불안을 초래해서 잠을 잘 잘수 없게 되고 가족과 사회에 대한 부정적인 면이 심어진다. 할머니는 지식으로 알고 있는 것들을 애나가 태어남으로 인해 실천하려고 노력한다. 그래서 애나가 성장할수록 건강한 애착 관계가 형성되어 사람들과의 관계가 어렵지 않기를 바란다. 그러면서 절대자를 대하듯이 애나가 원하는 것을 바로 해결해주려고 노력한다. 수시로 기저귀를 살펴보고 응가 냄새가 나는지 코를 킁킁거려본다. 그리고 입가에 손가락을 대어 입맛을 다시는지, 잠이 오는지 늘 표정을 살피고 있다. 애나가 울면 바로 달려가 안아준다. 이런 할머니의 모습이 아빠의 눈에는 지나쳐 보인다. 아빠는 운다고 무조건 안아주지 말고 말을 걸어보고 공갈 젖꼭지를 물려서 기다려보라고 권한다. 애나의 성장을 대하는 우리는 진지하게 서로의 생각을 나누면서 애나의 성장에 감사하고 놀라워하며 서로의 사랑을 더 확인하며 끈끈한 가족의 정을 쌓아가고 있다.

애나가 잘 자라주어서 혼자 앉고 일어설 수 있게 되고 놀이방에서 동물 장난감들과 애나만의 언어로 대화하고 애나의 언어로 책장을 넘겨가며 책을 읽고 있다. 소파에서 어른 셋이 앉아 이야기를 나누더라도 할머니의 신경은 애나에게 쏠려 있고 애나의 작은 행동 하나에도 쪼르르 달려가 살피고 함께 있어준다. 이런 할머니에게 엄마, 아빠는 위험하지 않은 범위 안에서는 스스로 혼자 놀 수 있도록 시간을 주고 1에서 10까지 모든 것을 해주려는 할머니의 행동을 깨우쳐준다. 할머니는 처음에는 섭섭한 감정이었으나 조금 더 생각하니 모든 것은 애나에 대한 같은 사랑의 마음이다. 처음 겪는 일이라 방법을 의논하다 보니 자연스럽게 대화의 시간이 많아지고 옛 방식을 고집할 것이 아니라 미국인의 문화와 젊은이들 생각을 배워야 한다는 사실을 알게 되었다.

20개월이 된 애나의 밝고 예의 바른 성품이 엄마, 아빠의 성품을 보는 듯하다. 애나가 자라면서 만나게 될 사람들과 마주 대하는 여행지마다 아름다움을 보게 되고 아름다운 향기를 남기는 사람으로 자라기를 소망한다.

11

할머니 콜

애나는 엄마의 임신 중에 갑자기 양수가 터져 예정일보다 7주나 빨리 태어났다. 매달 정기적으로 진료받았던 산부인과 병원에서 애나는 2.34kg의 미숙아로 태어나, 종합병원인 부산성모병원의 신생아집중센터로 옮겨가게 되었다. 이렇게 태어나자마자 애나와 엄마, 아빠는 각기 다른 병원에서 지내게 되었다. 많은 사람이 코로나로 인해 두려움에 빠져 있을 때라 모든 병원의 출입이 제한되었고 바깥 외출 후 다시 병원으로 갈 때는 매번 코를 찔러 코로나 검사를 해야 하는 일은 고통이고 견디기 힘든 일이었다.

특히 신생아집중센터는 모든 만남이 제한되었다. 태어나자마자 성모병원으로 옮긴 애나를 엄마, 아빠는 너무 보고 싶어 했다. 하지만 직접 면회할 수가 없어서 매일 아침 담당 의사와 통화를 하면서 애나의 건강 상태를 확인할 수밖에 없었다. 그러나 감사하게도 애나는 어려운 상황을 잘 견뎌주었다. 입원할 때의 염려와는 달리 신생아집중센터에서 치료받으면서 분유도 잘 먹고 충분히 잠도 잘 자고 응가도 예쁘게 하면서 호흡도 차츰 안정되었다. 덕분에 의사 선생님의 예상보다 빨리 엄마, 아빠의 품으로 오게 되었다. 그리고 우리 온 가족은 집으로 오는 애나를 기쁘게 맞이하게 되었다. 애나가 퇴원해서 집으로 오는 날, 애나를 만나는 설렘으로 얼마나 기뻤는지 지금도 생생하다.

사랑스러운 애나는 엄마의 젖으로는 부족한 양을 분유와 겸하여 먹으며 응가도 잘하고 웬만한 소리에도 잠을 잘 자는 너그러운 성품만큼이나 무탈하게 한 주 한주 건강하게 자라주었다. 엄마와 아빠, 그리고 할머니는 어떻게 하면 애나가 건강하게 잘 자랄지 이야기를 많이 나누게 되었다.

신생아의 뇌 발달에 도움이 된다는 분유를 미국에서 주문해서 먹이고 분유를 타는 물도 애나를 위해 별도로 사서 먹이게 되었다. 미숙아로 태어난 것에 대한 우리의 염려를 싹 씻어주듯이 잘 자라주어서 애나의 성장을 지켜보는 할머니인 내가 세상에서 제일 행복한 사람인 것 같다.

초보 할머니는 목을 가누지 못하는 꼬맹이 애나를 어떻게 안을지 몰라서 온 신경이 긴장되었다. 등에는 땀이 흐르고 산후관리사의 도움을 받아 목욕시킬 때면 아가인 애나가 부서질 것 같아 손이 떨리고 겁이 나기까지 하였다. 행여 나의 작은 실수로 애나가 불편할까 온 맘을 쏟으며 살피게 된다. 그리고 애나가 신비로운 세상을 맞이하는 나날을 함께 지켜보며 딸의 몸조리를 위해 한 달을 같이 지내는 동안 너무 행복한 시간이었다.

대구에 와서도 사랑스러운 애나가 보고 싶고 또한, 엄마 된 딸에게 부족한 잠을 충분히 잘 수 있는 시간을 주기 위해 매주 부산으로 내려왔다. 그리고 딸이 맘 편히 쉬며 애나의 일과를 알 수 있게 애나가 매번 먹는 분유량과 시간을 기록해 먹는 양을 늘려가는 것과 먹는 간격을 체크하며 딸과 의논하였다. 그리고 쉬와 응가로 기저귀를 간 시간을 적고 잠든 시간과 얼마 동안을 잤는지 시간을 기록하였다. 처음엔 두렵고 어색했던 애나를 목욕 씻기는 것도 자연스럽게 하게 되었다. 그리고 밤 동안, 분유를 먹이고 기저귀를 갈아가며 애나를 데리고 지내는 시간이 너무 행복하다. 잠든 아가 천사를 우리 가정에 보내주신 하나님께 감사 기도를 드린다. 안방에서 잠든 딸과 아들을 위해 기도하는 시간이기도 하다. 그리고 낮에 틈틈이 찍어놓았던 애나의 귀여운 모습을 '쑥쑥찰칵'이라는 앱에 올리면서 하루 일정을 마무리한다.

이렇게 4일은 대구에서, 3일은 부산에서 지내며 매주

왕래하다가 딸이 회사에 복직하게 되었다. 이때 할머니는 6개월이 된 애나와 함께 지내기 위해 짐을 잔뜩 꾸려서 부산으로 오게 되었다. 그리고 전적으로 애나를 돌보게 되므로 애나의 정서와 성장 발달에 관심을 가지고 어떻게 하면 잘 놀 수 있을지를 생각하게 되었다. 그래서 나는 엄마일 때 몰랐던 것들을 할머니가 되어서 배우고 익히게 되었다. 그러면서 할머니에게 애나가 각별하듯이 애나도 할머니와 각별한 사이가 되었다.

둘이서 낮에 신나게 놀고 있으면 퇴근 시간이 이른 아빠는 오후 3시에 집에 오면 얼른 샤워하고 가벼운 간식을 먹고는 할머니에게는 휴식 시간을 준다. 그리곤 애나를 위해 사랑스러운 말과 표정으로 영어로 된 동화책들을 마치 배우가 된 듯 읽어준다. 애나도 따라 하느라고 입술을 오므리고 있다. 그리고 블록 장난감으로 애나와 즐겁게 시간을 보낸다. 그리고 오후 6시, 엄마의 퇴근 시간이 되면 아빠는 미리 회사로 엄마를 데리러 가고 애나는 다시 할머니 곁으로 와서 놀면서 엄마를 기다린다. 그리고 엄마가 오면 애나를 목욕시키면서 장난을 건다. 물이 찰랑거리는 소리를 들려주고 손으로 거품을 내어 부드럽게 마사지해준다. 그리고 드라이어로 젖은 머리를 말리는 동안 할머니는 분유를 데우고 잠자리를 준비해둔다. 이렇게 애나가 잠들기까지 어른 셋이서 애나의 설레는 삶에 최선을 다한다. 애나는 신기하게도 분유를 남기는 법이 없다. 성장하는 개월 수와 체중에 따라 분유량도 늘리고 수유 기간도 조절하지만, 애나는 먹는 시간과 양이 일정하고 자는 시간이 일정하게 정해져 있어 애나를 울리지도 않고 미리미리 준비할 수 있다. 언제나 기분 좋게 깔끔하게 분유를 다 비우는 애나는 잠투정이나 칭얼거림이 거의 없이 밝게 자란다.

　엄마는 애나가 8개월이 되면서 낮에 애나가 무료하지 않고 즐겁게 잘 지낼 수 있게 문화센터에서 하는 파니파니스쿨과 풀잎아이 수업도 참여하게 해주었다. 애나와 문화센터를 다니면서 할머니도 같이 수업을 받았다. 신나는 〈파니파니송〉의 율동을 따라 하며 할머니와 애나는 신이 난다. 제대로 앉아 있지 못하던 애나는 어느덧 혼자 앉아서 곧잘 선생님을 따라 한다. 그러나 발육이 빠른 친구는 벌써 서서 두어 발자국을 딛는다. 아직 기는 동작에서 크게 벗어나지 못하는 애나를 보면서 샘이 많은 할머니는 애나의 손을 잡고 걸음마 연습하며 욕심을 내어본다. 매주 두 번의 재미있는 수업을 통해 다양한 도구로 오감 놀이를 하고 조랑말이 되거나 개구리가 되어 보고 예쁜 한복을 입거나 헨젤과 그레텔이 되는 역할 놀이도 하며 선생님과 또래 친구들과의 관계성을 배우게 된다.

애나는 서고 걷는 행동은 늦었지만, 말을 하는 시기는 빠르고 발음이 굉장히 정확했다. 엄마, 아빠라고 말을 할 수 있을 때부터 애써 가르쳐주지 않았는데 나에게 "할머니."라고 부르고 주말이면 와서 애나를 데리고 나들이하는 할아버지에게도 "할아부지."라며 어려운 발음을 또렷하게 하는 것이 너무 신기하다.

주말이면 할머니가 가끔 대구로 오고 나면 엄마, 아빠는 애나를 유모차에 태워 함께 쇼핑도 하고 수목원이나 해변을 산책하며 애나와 데이트를 즐긴다. 그리고 애나를 데리고 서울과 평택으로 장거리 여행을 다녀오기도 한다.

애나는 거의 아침 6시가 되면 일어나서 혼자 한 시간을 침대에서 놀고 있다. 실시간 캠을 통해 애나의 행동들을 지켜보고 있다. 애착 인형 바니에게 "하이."라고 말을 걸거나 "개굴개굴.", "꿀꿀" 낮에 들었던 이야기책 속 동물들의 소리를 흉내 낸다. 그리고 7시가 되어가고 분유 먹을 때가 되면 할머니는 주방에서 분유를 타고 데우면서 일부러 인기척으로 신호를 보낸다. 그러면 애나는 "할머니."를 부르며 방문이 열리기를 침대 끝에서 기다리고 있다. 할머니는 '똑똑!' 노크를 하고 문을 열고 크게 "굿모닝!" 아침 인사를 하며 애나를 꼭 껴안아 침대에서 나오게 한다. 그리고 기저귀를 갈고 준비된 아침 분유를 먹이며 하루를 시작한다.

애나가 가끔은 엄마, 아빠랑 놀다가도 쪼르르 할머니가 궁금해서 할머니가 지내는 방으로 달려온다. 그리고 할머니가 대구로 가고 없는데도 뭔가 원하는 것이 제대로 이루어지지 않으면 "할머니, 할머니."라며 울어서 엄마, 아빠를 당황하게 하기도 한다. 이런 애나를 지켜보는 것이 엄마, 아빠는 마음이 아플 때가 있다. 엄마가 다니던 회사 일을 그만두고 동생을 임신하게 되었고 17개월 애나에게 남동생인 브랜든이 생겼다. 아직은 더 충분히 사랑받아야 하는 아가이기에 할머니는 매번 애나와 무엇을 어떻게 하면 애나가 신나고 즐거울지 생각한다. 어린이집에서 낮잠을 잘 때도 가끔은 할머니를 찾는다며 "애나가 할머니를 좋아해요."라고 어린이집 원장님이 말을 한다.

그러나 언제나 애나에게 최고는 엄마, 아빠이다. 엄마, 아빠가 괌으로 여행을 갔을 때도, 동생 출산으로 병원에 있을 때도 애나는 낮에는 할머니와 잘 놀다가도 밤이 되면 엄마와 아빠가 보고 싶은지 쉽게 잠이 들지 않고 칭얼거린다. 할머니는 애나를 침대에 눕히고 한 시간이 넘도록 토닥이며 기도하고 이야기해준다. 잠이 드는 무의식의 시간에 애나가 행복한 꿈나라로 여행하기를 바란다.

할머니는 미국으로 간 애나가 할머니가 보고 싶어 울지는 않을까? 어쩌면 환경의 변화에 따른 힘듦이 딸보다 애나가 더하면 어쩌지? 하는 염려가 살짝 들지만 얼른 생각의 꼬리를 끊어낸다. 언제나 환하게 웃는 애나의 밝은 성품이 미국에서도 발휘가 될 것이다. 그리고 젠틀하고 배려심이 많은 아들이 낯선 이국땅으로 함께 가는 딸을 지켜줄 것이고 나는 엄마로서, 할머니로서 하나님께 기도할 수 있다. '염려는 괜한 짓이며, 믿음 없는 행위이다.'라는 생각이 들면서 순식간에 모든 것이 긍정으로 돌아온다.

12

하나님… 아멘

애나와 함께 생활하면서 여러 가지 기쁜 일 가운데 한 가지는 하루의 시작과 마무리를 애나와 함께한다는 것이다. 애나와 함께 기도로 하루를 시작하고 기도로 하루를 마무리한다. 애나가 아기일 때는 할머니 혼자 숨죽이는 기도의 시간이었다. 혹시나 할머니의 인기척에 애나가 잠에서 깰까 봐 염려되고 다시 잠을 재우려면 힘이 들기도 하지만, 한 번 리듬이 깨어지면 습관이 다시 자리 잡히는 데 충분한 시간과 노력이 필요해서다. 그래서 할머니의 일상생활은 매일 애나가 먹고 놀고 자는 정해진 시간에 맞춰져 있다. 그러므로 애나도 편안

함을 느끼지만, 할머니도 여유롭게 미리 분유와 간식을 준비하고 신나게 놀다가 잠을 잘 때가 되면 기저귀를 갈고 차분한 분위기를 만든다. 애나가 규칙적인 스케줄을 지키고 밤에 11시간의 통잠을 푹 자면서 할머니도 밤에 충분히 쉬고 부족하지 않게 잠을 잘 수가 있다. 잠을 잘 잔 애나는 아침에 일어나 혼자서도 잘 논다. 나 홀로 운전하며 애나를 태워서 대구에 와야 할 때도 애나가 낮잠 자는 시간에 맞춰 카시트에 앉혀 이동하고 도착해서 분유를 먹이거나 간식을 먹이는 시간에 맞춘다. 그리고 애나의 컨디션에 따라 주말 나들이 계획을 세우고 키즈카페로 놀러 가는 계획을 세운다. 모든 것이 애나를 중심으로 돌아가고 있다.

애나가 아침에 일어나면 거실로 나와서 눈을 마주치고 아침 체조를 한다.

"키 커라. 키 커라." 노래를 하며 팔, 다리를 쭉쭉 늘려준다. 그리고 꼭꼭 눌러준다. 온몸의 말단 신경인 손가락, 발가락을 튕겨주는 재미있는 놀이를 한다. 그리고 애나를 안고 창가에 다가서서 하늘을 보며 창조주 하나님을 만나는 시간이다.

"애나야, 하늘나라에는 이 세상을 만드신 하나님이 계시고 우리의 죄 용서를 위해 십자가를 지신 예수님께서 살고 계신단다."

"하나님, 굿모닝." 인사를 한다.

하늘은 하나님께서 들려주고 보여주는 재미있는 그림책이다. 잠든 해님이 일어나 기지개를 켜며 모든 자연을 깨워 밝은 빛으로 하루를 시작하게 하고, 『달님, 안녕』 책에서처럼 달님이 '쏘~오옥' 고개를 내밀어 깜깜한 밤을 환하게 비춰준다. 그리고 심심하지 않게 구름 친구가 와서 놀아주고 바람 친구가 궁금한 것들을 가져다주기도 한다. 그리고 비 친구가 와서 다양한 음악을 들려준다. 웅장한 연주 소리에 가슴이 쿵쾅거리고 고요하게 들려주는 자장가의 연주에 스스로 잠이 들게 한다. 이렇게 비 친구가 오는 날이면 할머니는 고추를 썰어넣어 부추전을 굽고 칼국수를 해 먹는 것에 대해 아빠가 과연 좋아할지 엄마와 의논한다.

애나는 저녁에 일찍 잠을 자는 좋은 습관을 지녔다. 애나를 안고 침대에 누이고 할머니는 이야기를 시작한다. 애나처럼 피부가 뽀얀 〈백설공주〉 이야기를 시작한다.

"옛날 어느 궁궐에 백설공주가 살았는데······ 마음씨가 나쁘고 샘이 많은 새 왕비가 왔단다." 이야기하면서 애나의 표정을 살핀다.

"거울아, 거울아 이 세상에서 누가 제일 예쁘지?" 이렇게 한참 이야기하다 보면 어느 날은 다음 이야기가 궁금해 애나는 잠이 오지 않는다.

그러면 나는 〈흥부와 놀부〉 이야기하며 동서양의 이

야기를 들려준다.

"옛날 옛적에 맘이 고운 동생 흥부와 맘이 고약한 형 놀부가 살았단다."

"강남으로 갔던 제비가 박 씨를 물어 와 흥부한테 주 어서……."

"가을이 되어 지붕에 주렁주렁 열린 커다란 박을 타는 데……."

"시르르렁 실겅 톱질하세. 이 박 팔아서 양식 사고……."

애나가 하품하고 잠이 많이 오는 것 같으면 이야기를 그만하고 할머니는 기도를 시작한다.

할머니가 "하나님." 부르며 시작하면 말을 하면서부 터 애나도 "하나님."이라고 따라 하며 시작된다.

"하나님, 애나가 이렇게 건강하고 예쁘게 잘 자라게 해주셔서 감사합니다. 애나가 자라면서 점점 하나님의 지혜와 아름다움을 더해주세요. 사랑을 많이 가진 애나가 사랑을 많이 나누는 애나가 되고 나눔으로 사랑을 많이 받는 애나 되게 해주시고 엄마, 아빠의 자랑스러운 애나가 되게 해주세요. 애나가 맘마도 잘 먹고 응가도 잘하고 낸낸도 잘하고 잘 노는 애나 되게 해주셔서 감사합니다. 애나가 자라는데 부족함이 없도록 엄마, 아빠에게 풍성한 삶을 허락해주세요. 할머니가 사랑하는 애나를 위해 예수님의 이름으로 기도합니다. 아멘."

할머니의 기도가 "아멘."으로 끝나면 애나도 "아멘."이라고 마무리한다. 그리고 둘은 침묵한다. 애나는 스르르 잠들고 할머니는 까치발로 살금살금 애나의 방을 나온다.

13

애나와 아빠, 애나와 할머니는 소통,
아빠와 할머니는 왜?

할머니는 애나가 2개월이 조금 지나자 조그만 입을
오므리며 옹알이를 시작하는 게 너무 예쁘고 사랑스러
워 눈을 뗄 수가 없다. 눈을 마주치고 "애나야~" 하고
이름을 부르면 눈이 먼저 웃는다. 그리고 할머니는 애
나에게 쉴 새 없이 책을 읽어주고 말을 건다. 그리고 틈
틈이 애나에게 "엄마, 아빠."라며 한국어 가르치기도 시
작한다.

딸이 집에서 애나를 돌보며 지낼 때는 매주 2, 3일은

부산에 와서 함께 지내면서 할머니는 아들과 소통하는 데 불편함을 알지 못한다. 주말이면 할아버지도 부산에 와서 다 함께 할머니표 한국식으로 저녁 식사를 준비한다. 다행히 아들의 입맛이 경상도 사람인 할머니처럼 칼칼하고 얼큰한 음식을 좋아한다. 그래서 갈치 찌개나 돼지고기 오겹살에 묵은지를 얹어 푹 끓인 김치찜도 잘 먹는다. 그리고 잡채를 하고 우엉이나 연근 조림을 한다. 언제나 오케이는 갈비찜이나 장조림이다. 그리고 마른 반찬 중에 고추장을 넣어 무친 오징어채를 좋아한다.

그리고 주일이면 아들과 딸이 분주하다. 할머니와 할아버지는 애나를 데리고 아파트에 있는 작은 공원에서 놀다가 집에 오면 냄새부터 감미로운 멋진 식사가 준비되어 있다. 요리가 취미인 아들은 밸런타인 선물로 딸에게 요리 도구를 사달라고 할 만큼 요리를 좋아한다. 그만큼 할머니가 느끼는 요리 실력도 호텔 주방장 수준급이다. 아들이 만들어주는 스테이크와 등갈비 포크립은 입맛이 까다로운 남편도 너무나 맛있어한다. 어떻게 이런 식감과 맛을 내는지 궁금하다. 소고기 패티에 다양한 채소를 곁들인 아들이 만들어준 햄버거는 지금도 먹고 싶다. 그리고 아들이 빵이나 케이크를 만들 때는 딸과 함께 나도 거들며 배우게 된다. 제과, 제빵 이론 시험에 합격해놓은 터라 아들은 나에게 반죽과 모양을 내어보라고 한다. 이론으로 아는 도구들을 가지고 막상 하려니 손이 떨리고 이런 나의 모습에 아들과 딸은 시험 보는 것이 아니라며 웃는다. 나는 아들 덕분에 늘 과식하게 된다.

애나가 6개월이 되면서 딸은 회사로 복직하게 되었고 할머니는 애나와 함께 지낼 모든 채비를 하고 부산으로 내려왔다. 엄마가 함께 있을 때는 느끼지 못한 할머니와 아빠의 소통에 곤란이 찾아왔다. 딸보다 3시간 정도 일찍 퇴근하는 아들은 언제나 저녁 식사를 준비하거나 애나의 이유식을 만들고 퇴근하는 딸을 데리러 가기 전까지 애나와 놀아준다. 나는 아들이 없는 시간에 있었던 애나의 사랑스러운 하루 일상을 알려주고 싶어서 제대로 되지 않는 콩글리시와 보디랭귀지를 총동원해서 설명하지만, 아들에게서 돌아오는 대답과 질문에 나는 말문이 막혀버린다. 그러면 우리는 딸이 오기를 기다리거나 파파고 번역기가 대화의 창이 되어준다. 우리는 서로 영어와 한국어가 주는 언어의 높은 벽을 느낄 때면 두 개의 언어를 구사하는 딸이 대단하다며 애나도 엄마처럼 두 개의 언어를 동시에 할 수 있게 되기를 소망했다. 그래서 아빠는 영어로 애나와 대화를 시작하고 할머니는 애나로 인해 미국인 아들과 소통하고 싶고, 미국에 가서도 애나와 자유롭게 한국어로 통화를 할 수 있게 되기를 바라는 마음에 열심히 애나에게 한국말을 걸고 있다. 그리고 딸에게도 꼭 한국어 가르치기를 부탁했다.

애나는 또래와 비교하면 걷는 것이 늦은 편이었지만 말은 빠르고 발음이 정확했다. "마마마맘…." 하고 "빠빠빠빠…." 하더니 어느 날 "엄마."라고 처음 말하는 날, 우리는 기쁨의 감동을 나누었다. 그리고 일주일 뒤 즈음에 아빠라는 말을 하게 되더니 애나는 자주자주 "아빠, 아빠."를 부른다. 급하거나 울 일이 생기면 "엄마." 라고 부르지만, 장난감을 가지고 놀거나 책을 볼 때는 "아빠빠빠."라고 말을 한다. 그러면 주방에서 식사 준비하는 아들은 "예, 예."라며 대답해준다. 마치 둘이서 놀이하듯이 하는 대화를 할머니는 흐뭇함으로 지켜본다. 할머니는 낮에 애나와 놀면서 짧은 동화책을 펴놓고 쉼 없이 이야기해주고 말을 건다. 그리고 애나가 돌이 지나면서 많은 말들을 알아듣고 심부름도 하게 되었다.

애나를 유모차에 태워 집에서 가까운 영화의 전당에 가면 인라인스케이트를 타는 역동적인 사람들 속에서 애나도 신이 나서 걷거나 뛰어다니기도 한다. 그리고 도로 바로 건너편에 있는 APEC 나루공원을 산책하면서 하늘, 호수, 나무, 그리고 떨어진 나뭇잎…… 자연이 들려주는 소리를 들으며 벤치에 앉아서 가지고 온 과자와 주스를 먹으며 따스한 햇볕을 누린다. 소풍은 새로운 환경과 많은 사람을 접하는 기회가 되어 애나가 말을 하는 환경에 노출이 되고 표현하는 방법들을 알아가기를 원한다.

코로나로 인해 사람들이 마스크를 끼면서 아이들의 언어력이 떨어지고 있다는 뉴스를 접한 것 같다.

애나는 말문이 터지면서 기다렸다는 듯이 단어들을 쏟아낸다. 애나의 언어 실력은 아빠와의 소통도 가능하다. 아빠는 애나와 놀면서 영어만 사용한다. 할머니는 알아들을 수 없는 말들로 둘이서 노래를 부르고 영어로 된 책들을 읽어주고 동물 그림책을 보며 동물 소리를 들려준다.

이제 막 말문이 트인 어린 애나가 영어와 한국어를 동시에 사용하는 것이 신기하다. "안녕."이라고 인사를 하면서 "하이."라고도 인사를 한다. '양말'을 신고 '슈즈'를 신어야 하고, 〈아기 상어〉를 부르며 〈베이비 샤크〉를 부르기도 한다. 애나와 놀면서 할머니는 영어를 배우고 아빠는 한국어를 배운다.

  그런데 할머니와 아빠는 왜 소통이 안 되는 건지? 참!
아이러니하다.

14

할머니는 되는데 엄마, 아빠는 왜 안 돼?

애나가 돌이 지나고 걷기 시작하면서 이제까지 보지 못했던 새로운 눈높이의 세상을 보게 되자 호기심이 폭발한다.

그만큼 갖고 놀고 싶은 것들이 늘어나면서 놀이방에 있는 익숙한 장난감들과 책들에서 시선이 다른 곳으로 옮겨간다. 엄마, 아빠가 맛있는 것을 꺼내주는 냉장고는 보물 창고이고 손이 겨우 닿을 듯한 높이의 오븐 선택 버튼을 만질 때마다 할머니가 놀라서 뛰어와 왜 제지하는지 궁금하다. 위험하다고 말을 할수록 그 안이 더욱 궁금하고 왜? '아 뜨-!'가 되는 건지 알고 싶다. 그리고 할머니 방 책상 위에 놓여 있는 성경책과 작은 노트들을 펼쳐보고 싶다. 그리고 함께 외출할 때마다 못냄이에서 예쁨이로 마술을 부리는 할머니의 작은 화장품 가방 속에 있는 도구들이 궁금하다. 나는 호기심을 이기지 못하는 애나에게 화장품 가방을 열어서 색조 용품들을 만져보게 해주는데 그 순간 엄마의 질책이 날아온다.

"안 되는 것은 끝까지 '안 된다.'라 하지 못한다고……."

하지만 나는 속으로 '애나가 이렇게 궁금해하는데 보여줘도 되잖아!' 하는 생각을 했는데, 딸의 예상대로 한 번이 여러 번이 되고, 결국 애나를 울리는 사달이 생기고 나서야 눈에 띄지 않는 서랍 안에 넣어두고 몰래 화장해야 했다.

하얀 스케치북 위에 12색의 크레용으로 애나만의 멋진 작품을 그려낸다. 처음에는 한두 색으로 좌우로만

왔다 갔다 하더니 이내 바닥에 흩어놓고는 컵 블록 장난감을 가지고 놀더니 이제는 거의 모든 색을 꺼내서 그림을 그린다. 좌우에서 아래위로, 그리고 삐뚤지만 둥글게 원을 그리기도 하며 하얀 면을 채운다. 그리고 아기 돼지 페파와 개굴개굴 우는 개구리를 그려달라고 해서 어른들의 그림 그리기 실력이 드러난다. 그래도 엄마가 그린 동물 그림은 애나가 정확하게 맞힐 만큼 엄마의 그림 솜씨가 최고이다. 손바닥과 발바닥을 올려놓고 따라 그리며 애나와 할머니의 손발의 크기 차이를 느껴본다. 가끔 아빠 발로 하얀 면을 가득 채우고 그 위에 여러 가지 색깔의 크레용을 쥐고 오른손 왼손을 번갈아가며 색칠한다. 그리고 한정된 스케치북의 공간을 벗어나면 엄마는 애나에게 꼭 확인시켜주며 벗어나지 않게 가르친다.

이제 엄마, 아빠가 먹는 다양한 색깔의 음식 맛이 너무 궁금하고 간혹 아빠가 마시다가 한두 모금 얻어 마시는 탄산 음료가 다시 먹고 싶어지나 보다. 이제는 이유식이 밋밋하거나 맛이 덜하다는 생각이 드는지 그만 먹겠다고 밀어내거나 손으로 장난을 치지만 할머니는 어떻게든 한 숟가락이라도 더 먹이려고 애를 쓴다. 그러면서 좋아하는 딸기를 섞어서 주기도 한다. 그러나 엄마, 아빠는 달랐다. "이제, 그만 먹지?"라며 야속하게 이유식 그릇을 치워버리며 다음에도 이것을 다 먹어야 좋아하는 간식을 줄 수 있다고 분명하게 말을 한다. 옆에 지켜보고 있는 할머니는 '배가 고프면 어쩌나……' 하고 속이 타지만 엄마, 아빠의 교육은 언제나 애나를 혼란스럽게 하지 않는다.

애나가 이제 방문 고리에 손이 닿자 문고리를 돌려 문을 열게 되었다. 항상 열려 있는 할머니 방은 수시로 드나들었고 간혹 문이 닫혀 있더라도 스스로 문을 열고 들어오게 되었다. 할머니 방에서 혼자 장난감을 가지고 놀거나 나랑 함께 놀다가도 쪼르르 엄마, 아빠 방으로 달려가서 문을 열 때가 있다. 나는 순식간에 일어난 일이라 따라 달려가면 금세 아빠에게서 안겨서 나온다. 그리고 닫힌 문 앞에 서서 아빠한테서 노크하는 법을 배운다. 그리고 마지막으로 아빠가 "OK??"라고 물으면 애나도 "OK!!"라고 대답한다. 이렇게 애나는 작은 숙녀로 성장하고 있다. 이렇게 방에 들어갈 때도 할머니와 엄마, 아빠의 방에 따라 애나의 행동이 달라진다. 그리고 간혹 애나가 떼를 쓰며 고집을 부릴 때가 있다. 그러면서 할머니에게 "한 번만!" 하며 집게손가락을 치켜세우고 해달라면 할머니는 못 이기는 척, 해주게 되는데 연신 또다시 "한 번만!" 하며 해달라고 하고 응해주다 보면 서너 번이 되기가 일쑤였다. 이러는 모습을 지켜보는 아빠는 애나를 달랑 안아서 애나 방에 데리고 가 문을 닫고 애나에게 교육을 시작한다. 그리고 아빠의 'OK?'는 애나의 'OK!'로 끝이 난다.

나는 한참이 지나서 할머니의 무조건적 사랑의 표현이 애나를 혼란스럽게 한다는 것을 알게 되었다. 그리고 엄마, 아빠가 얼마나 지혜롭게 애나를 작은 숙녀로 자라게 하는지를 깨닫게 되었다.

15

침대가 사라졌어요

애나는 아빠의 한국 근무 기간이 끝나므로 미국으로 떠나야 한다는 것을 인지할 수 없는 나이다. 그래서 할머니가 가끔 아무런 이유도 없이 그럴 상황도 아닌데 자신을 왜 꼭 안아보는지 알 수가 없다. 왜 애나의 사진들과 동영상을 애나 이름으로 밴드에 저장하고 사진첩을 만드는지 알 수 없다. 할머니에게 유일한 자녀가 엄마라는 것 또한 알지 못한다. 엄마가 사랑하는 아빠와 함께 애나와 브랜든도 이제 엄마의 나라, 한국을 떠나 아빠의 나라, 미국으로 간다는 것이 엄마에게는 분명 크나큰 사랑의 모험이고 할머니와 할아버지에게는 평생 간절히 기도해야 할 제목이기도 하다.

　시간이 흐른다는 것을 실감하게 되었다. 막연히 일어
날 일이라 생각하고 있었는데 봄이 되고 커다란 박스들
과 포장용 대형 뽁뽁이 두루마리를 주문했다. 그리고
엄마, 아빠는 주말이 되면 아빠가 아끼는 깨어지기 쉬
운 도자기 그릇 세트부터 미리 하나하나씩 낱개로 뽁뽁
이로 정성껏 포장하고 부딪치지 않게 박스에 차곡차곡
채우고 있다. 애나가 아기 때 사용했던 바운드 스윙도
분해해서 박스에 담고 쏘서도 분해해 건전지를 따로 빼
놓았다. 동생이 태어나면 사용할 부피가 큰 장난감들을
미리 분해해서 박스에 담고 박스마다 이름을 적어서 섞
이지 않게 분류했다. 할머니는 호기심 많은 애나가 물
건들을 포장하는 데 지장을 줄까 봐 공원으로 봄나들이
했다. 노오란 개나리의 꽃과 하얀 벚꽃이 애나의 시선
을 사로잡는다. 그리고 강아지를 데리고 공원을 산책하
는 사람, 벤치에 앉아 도란도란 이야기를 나누는 사람,
돗자리를 펴고 둘러앉아 준비해온 도시락과 과일을 먹

고 있는 가족들이 보인다. 애나도 벤치에 앉아 가지고 온 바나나와 연두부로 간식을 먹고 주스를 마시며 눈앞에 펼쳐진 호수 위에 떠다니는 배를 보며 "부우~웅!" 뱃고동 소리를 내며 웃고 있다.

5월이 되자 미리 미국으로 보내어 먼저 받아야 할 물건들과 한 달 뒤에 보내야 할 물건들로 나누면서 애나 놀이방의 가드와 매트리스, 그리고 애나의 책꽂이에 꽂힌 좋아하는 책들과 애나가 신나게 잘 가지고 노는 장난감들도 먼저 보내기로 했다. 애나가 미국에 도착하면 낯선 환경이라, 잘 가지고 놀 수 있는 익숙한 것이 필요하다. 그리고 애나의 침대도 먼저 보내고 나니 낮잠과 밤에 잠을 잘 때 문제가 되었다. 애나를 혼자 방에 덩그러니 바닥에 재우는 것도 힘들고 엄마, 아빠랑 같이 침대에서 자 본 적이 없고……. 이런저런 궁리 끝에 자는 애나를 볼 수 있게 캠의 위치에 맞춰 이불을 깔고 둘레에 가드를 쳐서 애나가 잘 수 있는 공간을 확보했다. 이렇게 하자 애나에게 이곳은 잠을 자는 침대가 아니라

놀이하는 공간으로 여겨진다. 마치 여름에 캠핑 가서 나무 그늘에 텐트를 치고 그 안에서 자는 것처럼 약간의 불편함을 감수할 만큼 설렌다. 애나는 잠을 자지 않고 그 안에 들어와서 같이 놀자고 한다. 좁은 공간에 둘이 앉아 남겨놓은 작은 책들을 보면서 동물 소리 흉내를 내고 장난을 치며 까르르 한참을 논다.

애나를 재우기 위해 애나를 겨우 이불 위에 눕히고 할머니는 가드 밖에 앉아서 이야기를 시작한다.

"어느 날 힘이 센 바람이 해님에게 누가 힘이 센지 내기를 걸었단다. 길을 걸어가는 나그네의 옷을 벗기는 것을 이기는 것으로 정했단다. 먼저 바람이 '수~웅 쓩쓩!', 더 힘을 내어 '수~웅 쓩슝!!'. 바람이 세게 불면 불수록 나그네는 옷을 꼬~오옥 쥐고 걸어가고 있어. 결국 바람은 나그네의 옷을 벗길 수가 없었어. 이번에는 해님이 햇볕을 따뜻하게 내리쬐기 시작하자 길을 걷던 나그네는 더워서 옷을 벗었단다. 이렇게 해님이 힘이 센 바람을 이겼단다."

"애나야, 이 세상에는 힘이 센 사람들이 반드시 이길 것 같지만 마음이 따뜻한 사람들이 이길 때가 많단다. 우리 애나도 사랑을 많이 나누는 마음이 따뜻한 사람이 되어라. 할머니가 늘 기도할게."

더 놀고 싶은 애나는 이제 잠이 들었다. 주방에서는 딸과 아들이 저녁 식사를 준비해놓고 함께 식사하기 위해 애나를 재운 할머니가 방에서 나오기를 기다리고 있는데 할머니는 텅 빈 곳에 앉아서 혼자 잠시 기도한다.

16

할머니는 언제 잠을 자는 걸까?

　할머니는 밤에 애나와 같이 잘 때는 애나의 숙면을 방해하게 될까 봐 매일 쓰는 감사 일기와 미국으로 갈 때 선물로 주기 위한 성경 필사, 매일매일의 애나의 성장 일기 한 페이지씩 기록하는 것을 애나가 낮잠을 자는 시간에 하였다. 그러나 애나가 건강하게 잘 자라 이제 애나만의 공간이 생겼고 자연스레 밤에 잠도 애나 방에 있는 침대에서 할머니와 떨어져 혼자 자게 되었다. 처음 며칠은 적응이 안 되는지 자다가 깨어 우는 바람에 얼마나 마음을 졸였는지 모른다. 그러나 애나가 잘 적응하고 엄마, 아빠에게 '굿나이트' 인사를 하고 침대에 누워 할머니가 토닥토닥 두드리며 하는 이야기를 듣다 보면 어느새 잠이 든다. 그리고 할머니는 살금살금 뒤꿈치를 들고 애나 방을 빠져나온다.

애나는 한번 잠이 들고 나면 어지간해서 깨지 않고 아침까지 푹 잠을 잔다. 그 덕분에 우리는 늦은 시간 같이 저녁 식사를 할 수가 있다. 낮에 있었던 이야기를 나누고 애나를 위한 계획들을 나누며, 그리고 엄마, 아빠의 내일 소망과 엄마와 아빠의 어린 시절 이야기도 나누면서 나라와 문화가 다른 차이를 좁혀간다. 그리고 셋이서 함께 설거지하고 주방을 정리하고는 '굿나이트' 인사를 하고 각자 침실로 간다.

할머니도 이제부터 오로지 할머니만의 시간을 갖는다. 잠든 애나를 캠으로 지켜보며 샤워하고 책상에 앉아서 감사 일기를 쓴다. 감사 일기는 2012년 12월에 쓰기 시작하여 벌써 10년이 되었다. 그동안 주어진 수많은 감사가 할머니를 지탱하게 해주고 삶을 대하는 가치관이 바뀌게 해주었다. 그리고 감사 일기를 전하는 사람이 되어가고 있다. 1,000권의 감사 일기를 나누는 것이 버킷리스트 중 하나이기에 사람들과 대화하다가도 감사 일기를 권하고 또 선물을 한다. 주어진 것에도 감사하지만 그리하지 않은 것에도 감사할 힘이 생긴 것은 주어질 것에 대한 기대의 감사가 있기 때문이다.

그리고 애나의 오늘의 일들을 빼곡히 노트에 기록한다. 애나가 무엇을 먹었는지 어떻게 놀았는지를 적다 보니 애나의 성장이 드러난다. 수없이 시도하다가 드디어 처음 뒤집기를 한 날의 감동이 적혀 있고, 기면서 앞으로 나아가지 못하고 빙빙 돌다가 어느 날 앞으로 나아간 애나를 축하하는 메시지가 적혀 있다. 혼자 앉고 기더니 어느새 짚고 일어서고, 처음으로 발걸음을 내디딘 날의 기쁨이 기록되어 있다. 매일매일 성공의 인자로 쌓인 애나의 성장을 볼 수 있다. 그리고 아픈 애나를 지켜보며 병실에서 잠을 못 이루며 기도하는 날이 있고 엄마, 아빠의 애나에 대한 사랑의 표현들이 있다. 애나가 이유식을 처음 먹는 날, 입가에 잔뜩 묻은 모습을 보며 행복해하는 우리의 이야기가 있고 문화센터에서 수업을 들으며 흥이 많은 애나를 발견한 놀라움과 집중력에 대한 칭찬이 적혀 있다. 유모차를 타고 누볐던 추억이 깃든 해운대를 지금도 할아버지와 할머니는 부산으로 여행을 올 때마다 찾고 있다. 애나의 성장에 마음을 쏟았던 시간이 할머니의 삶 속에 제일 행복한 시간이었고, 사고의 범위가 한없이 넓어지는 사랑을 알게 되는 시간이었다.

  그리고 책상 위를 정리하고 성경책과 필사 노트를 펼친다. 신약성경 필사는 코로나가 막 시작되면서 딸을 위한 기도로 쓰기 시작하였다. 딸에게 믿음이 전수되기를 바라는 엄마의 기도이자, 건강하게 아기가 태어나기를 소망하며 하나님께 드리는 감사였다. 그리고 신약 필사를 다 써서 딸과 아들에게 선물로 주었을 때 딸과 아들은 정말 기뻐하고 감사해했다. 그리고 또 다른 목표가 생겼다. 미국으로 떠날 때 온 마음과 기도를 담아서 구약성경을 필사하여 선물하고 싶다는 생각이 들었다. 신약에 비해 3배의 기도와 노력이 필요하다. 쓰기 시작하면서 어느 날은 시작한 나 자신이 원망스럽고 미련해 보이고, 어느 날은 기도가 뜨거워져 밤을 꼬박 새우고 아침에 애나가 일어날 시간까지 필사하곤 하였다. 말씀이 꿀송이처럼 달다는 것이 어떤 것인지 체험하며 수없이 많은 밤을 보내고 있다. 그리고 아는 만큼 보이듯이 하나님을 더 알아가면서 우리를 사랑하심에 눈물을 흘리는 밤을 보낸다. 그리고 금요기도회 시간을 맞아 영상을 따라서 함께 뜨겁게 기도한다. 혼자 침대에 앉아서 찬양을 따라 부르고 말씀을 듣고 방언으로 통성기도를 한다. 그리고 주일 아침이면 일찍 일어나는 애나와 함께 주일 말씀을 들으며 함께 예배를 드린다. 애나도 따라서 하나님, 그리고 '아멘'을 한다. 아침마다 애나가 분유를 먹을 때 '아론의 축복', '이삭의 축복', '야곱의 축복'…… 여러 축복 노래들을 들려준다.

매일 밤, 새벽까지 내 방에 불이 켜져 있어 일찍 출근하는 아들은 언제 잠을 자느냐고 물어본다. 그리고 피곤하지 않느냐고도 묻는다. 그런데 나는 피곤하기는커녕 마음에 기쁨이 가득하고 어떻게 하면 더 사랑할 수 있을까를 생각한다. 그리고 구약성경 필사가 끝이 났다. 나는 눈물이 난다. 남편은 나의 일련의 일들을 놀라워한다. 일 년이 넘는 시간 동안 하나님 앞에 엎드려 기도하며 누렸던 모든 시간이 너무나 감사하다. 그리고 아이들이 미국으로 떠나기 위해 짐을 꾸릴 때 나는 선물로 애나의 성장 일기와 구약성경 필사한 것을 주었다. 나는 미국으로 아이들을 보내고 '더 잘해줄 걸…….'이라며 후회할 일을 만들기 싫었다. 그래서 최선을 다하는 것을 선택하였고 실천하였다. 그러나 결코 힘들거나 지치지 않았던 이유는 하나님께 기도하며 매일 밤 쓰던 성경 말씀이 나를 힘 나게 이끌어주셨다. 그리고 나는 나의 이런 마음이 아이들의 가치관 속에 심어지기를 간곡히 하나님께 기도를 드린다.

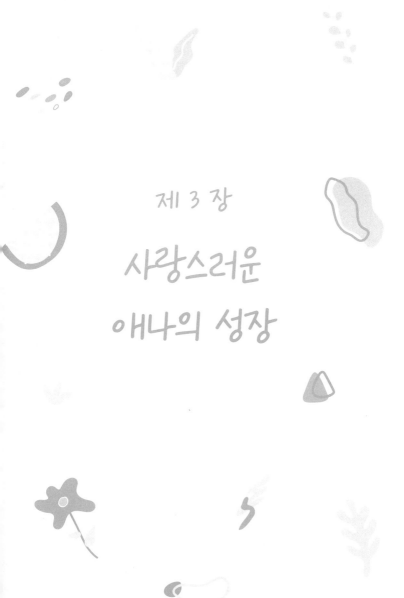

제 3 장

사랑스러운

애나의 성장

Hi, Anna

17

애나의 인사성

애나를 데리고 나들이 가듯 신나게 홈플러스를 갔었다. 역시 애나는 좋아하는 딸기에 제일 먼저 시선을 주었고 카트에 골라 담았다. 그리고 적당히 익은 바나나와 알이 크고 고른 체리도 골랐다. 저녁 식사로 준비하기로 한 불고기 레시피에 적힌 재료들을 사기 위해 둘러보고 있는데 누군가가 부르는 것 같아 돌아보니 모르는 분이 아는 체를 하며 다가오고 있다. 순간 나는 부산에 몇 안 되는 지인을 떠올려보았으나 생각이 나지 않는다.

"혹시 저를 아세요?"

"아니요. 이 아기를 알아요. 이름이……."

"애나입니다. 근데…… 어떻게 아세요?"

"예, 애나 맞네요. 어린이집에 잠시 일할 때 너무 예쁘고 귀여웠어요."

"얼마나 인사를 잘하는지. 애나야, 그새 많이 컸네." 라며 너무 반가워한다. 애나는 연신 싱글벙글 웃음으로 화답한다.

"고맙습니다."라며 나는 인사를 전했다. 되돌아오면서 나는 순간 나를 아는 사람이 있나? 하고 착각했던 게 우습고, 일하시는 중에도 혹시……, 하며 애나를 보고 싶어서 반갑게 온 분이 감사하며 애나가 너무 사랑스럽다.

애나는 사람들을 만날 때마다 활짝 웃으며 "하이."라고 인사를 하거나 "안녕."이라고 하며 손을 흔든다. 처음 어린이집에 다닐 때는 애나는 돌 전, 0세 반이라서 나는 내 차로 데려다주고 데리러 갔었다. 아파트 1층에 있는 가정 어린이집이라 아침마다 만나는 아파트 청소를 하시던 분은 일하시다가도 멈추고 애나에게 다가와 "너무너무 예뻐, 사랑해!"라며 손가락 하트를 꼭 해주신다. 그러면 애나도 활짝 웃으며 고사리손으로 하트를 보낸다. 그리고 어느 하루는 애나를 어린이집에 들여보내고 나오다 청소하시던 분과 마주치게 되었는데 칭찬하신다.

"아빠가 아기를 안고 올 때마다 '하이.'라고 인사를 하면 아기도 따라서 '하이.'라며 나에게 인사를 해요. 그러면 하루를 기분 좋게 웃으며 시작하게 된다."라고 말씀하신다. 그리고 "애나가 예쁘게 웃으며 매번 인사를 해 너무 귀엽다."라고 하신다.

애나의 인사성은 아파트에서도 빛을 발한다. 매번 엘리베이터 안에서 만나는 사람들에게 인사를 하면 무뚝뚝한 표정의 출근길의 사람들이 웃으며 화답하게 되고 매번 같은 시간대에 여러 번 만나게 되면서 어른인 나에게도 구면이 되어 서로 인사를 나누게 된다. 특히 애나가 강아지를 좋아해서 강아지를 데리고 다니는 분들과도 인사를 나누게 된다. 더구나 같은 시간에 유치원 차를 타는 언니, 오빠들에게 인사를 하다 보니 어른인 우리도 자연스럽게 서로 아이들의 이름을 묻게 되고 만날 때마다 반갑게 "도현아, 안녕."이라며 나 역시 밝은 미소를 띠게 된다. 이렇게 아침을 건강한 수다로 시작하게 되고 애나로 인해 무덤덤한 표정으로 지나쳤던 아파트 로비의 아가씨와도 각별하게 인사를 나누게 된다. 애나를 볼 때마다 너무나 반가움으로 "애나야." 부르면서 데스크에서 나와 애나를 안아서 입구까지 데려다주고 하트를 보내면 애나도 부끄러운 듯, 뿌듯함으로 슬슬 뒷걸음질 치면서 피하는 모습이 사랑스럽다.

"아기를 너무 좋아하시는 것 보니 빨리 결혼하셔야겠어요?"

"예, 결혼해서 애나 같은 아기를 낳고 싶어요!"라며 서로에게 관심을 전한다.

애나도 가까운 입구를 두고 꼭 로비를 거쳐 들어가고 나가기를 원한다. 로비에 계신 분들께 인사를 하고 돌아오는 화답에 "고마워." 하며 무심히 던진 애나의 말에 우리는 또 한 번 애나의 사랑스러움에 빠져버린다.

18

돼지는 꿀꿀, 기린은?

    할머니는 부산에서 지내면서 매일 할아버지와 전화 통화나 문자로 하루를 어떻게 지내고 식사는 무엇으로 했는지 물어본다. 그러면 할아버지는 보고 싶은 애나와 어떻게 놀았는지, 딸과 아들은 불편한 것이 없는지, 그리고 할머니는 피곤하지 않은지를 물어본다. 그리고 주말이면 할아버지는 부산에 와서 함께 식사하고 딸의 도움을 받아가면서 아들과 지난 한 주의 일들을 나눈다. 아들과 자란 환경과 문화의 차이는 있지만 상대를 배려하는 따뜻한 정서는 같다. 할아버지의 무심한 듯 끈끈한 정과 아들의 젠틀하고 섬세한 마음이 서로에게 사랑함으로 전달되고 서로를 챙기는 가족이 되어간다.

    할아버지는 애나를 데리고 밖으로 나가서 노는 것을 좋아한다. 이른 아침이면 아파트에 딸린 작은 정원으로 안고 나가서 아침 햇살을 즐기다가 온다. 그리고 낮에는 유모차에 태워 영화의 전당에서 가서 걷기를 시도해 보고 엄마, 아빠가 사주지 않는 과자도 사주고 음료도 사준다. 그리고 마트나 백화점에 들러서 애나가 좋아하는 과일과 간식을 사고 새롭고 흥미로운 장난감을 사준다. 애나의 마음에도 엄마, 아빠보다는 할머니가 애나의 요구를 잘 들어주는 것 같고, 할머니보다는 할아버지가 무조건 100% 수용해주는 것이 너무 좋다.

    그래서인지 애나는 자주 보지 않는데 평소에도 할아버지를 자주 찾는다. 그러면서 할머니는 자연스럽게 할아버지에게 전화를 걸어 애나와 영상통화를 하게 해준다. 할아버지가 웃으며 "애나야, 뭐 하고 있니?" 하고 물으면 애나는 가지고 있는 장난감을 보여주거나 책에 있는 그림을 보여준다. 그리고 애나는 자신이 그린 난해한 그림을 보여준다. 할아버지는 양손 엄지 척으로 "우리 애나 최고."를 연발한다. 애나도 "고마워." 하며 애나 특유의 미소를 싱긋 보낸다. 그리고 서로에게 손가락 하트를 쏜다. 이렇게 애나의 성장을 지켜보는 할아버지는 신기하기만 하다. 할머니 역시 애나와 지내면서 할머니의 말을 이해하고 애나의 언어로 표현하며 서로 소통이 이루어지고 사물에 대해 알아가는 것이 신기하고 사랑스럽다.

할머니는 할아버지에게 애나의 성장을 자랑하고 싶어 영상통화를 걸었다. 그리고 애나에게 말을 건다.

"애나야, 돼지는?" 하면 애나는 "꿀꿀~"이라고 답을 한다.
"오리는?", "꽥꽥!"
"그럼 강아지는?", "멍멍!"
"고양이는?", "야옹~"이라며 아주 귀여운 소리를 낸다.

"애나야, 개구리는?", "깨굴깨굴……." 우리는 한 팀으로 호흡이 척척 맞다.

"병아리는?", "삐약삐약!"

소는 음매, 원숭이는 우끼끼, 사자는 어흥… 신나게 이어간다.

"거북이는?", 할아버지는 무슨 소리를 낼까? 궁금해한다.

애나는 엉금엉금 두 손으로 기는 표현을 한다.

"코끼리는?", 애나와 할아버지는 동시에 한 손으로 코를 잡고 까르르 웃는다.

"기린은?" 정말 기린이 문제이다. 할아버지는 도대체 상상이 안 간다.

애나는 두 손을 높이 든다. 키가 큰 기린을 표현하는 것이다. 이것을 본 할아버지도, 할머니도 애나로 인해 기쁨이 한가득이다.

애나는 온몸으로 신남을 표현한다. 흥에 겨워 가만히 있지 못해 서서 춤을 춘다. 할아버지는 애나가 예쁘고 자랑스러워 시어른 댁에 가서 영상통화를 건다. 할머니는 애나와 한 팀이 되어 놀이를 시작한다.

 "애나야, 돼지는?" 애나는 기다렸다는 듯이 "꿀꿀~"이라고 대답한다. 이것을 지켜보시는 왕할머니에게도 기쁨이 되고, "우리 애나 많이 컸네. 최고!!!"라며 엄지척의 칭찬에 어깨가 들썩인다.

 그리고 애나의 빠르게 발전하는 언어 실력은 아빠에게도 자극이 된다. 한국말을 몰라도 엄마로 인해 불편함이 크게 없었는데 애나의 한국말이 늘어가므로 이해가 안 되는 말이 생겨나고 있다. 그래서 아빠는 긴장한다. 한국어의 동물 소리가 미국식으로 표현되고 있다. 돼지가 '피그'로, 소가 '카우'로, 애나가 한 동물 그림을 두고서 두 언어로 할머니와 소통하고 아빠와 소통하는 것이 신기하다. 그러면서 할머니는 애나와의 소통보다 아빠와의 소통이 더 어렵게 느껴진다. 할머니도 미국에서 성장할 애나와의 소통을 위해 쉽고 간단한 영어부터 공부해야겠다고 결심한다. 머릿속에 있는데 막상 입으로 뱉는 것이 어렵다. 애나와 잘 지내고 계속 신나게 지내려면 아빠만큼이나 할머니도 긴장해야 한다. 그만큼 젊은 할머니, 공부하는 할머니가 되어가고 있다.

19

애나는 의사 선생님

애나가 어린이집에서 친구들과 병원 놀이 수업이 있었다. 애나가 의사 선생님이 되어서 청진기를 귀에 꽂고 환자 친구들의 아픈 곳을 체크하고 체온계를 겨드랑이에 꽂고 열이 있는지 체크도 한다. 그리고 환자의 입을 벌리게 하여 입안의 건강 상태도 검사하고 주사와 약을 처방해준다. 간호사 선생님은 환자 친구가 아프지 않게 살짝 주사를 놓았다. 그리고 이번엔 역할을 바꾸어 애나가 환자가 되었다. 건강한 애나는 의사 선생님의 진료를 받고 처방해준 오렌지 주스가 든 약병과 비타민 젤리와 알록달록 작은 씨앗으로 된 초콜릿이 든 약봉지를 받아서 집에 왔다. 그리고 애나는 꺼내서 만져보고 그냥 약이라며 식탁 위에 얹어둔다. 이것을 본 우리는 웃을 수밖에 없었다. 애나는 엄마, 아빠가 챙겨주는 간식 외에는 먹어본 적이 없어서 비타민과 초콜릿이 얼마나 달고 맛있는지 알 수가 없다. 그래서 먹을 생각을 하지 않는다. 할머니와 엄마는 애나가 가져온 초콜릿을 입에 넣고는 대신에 애나에게 작은 물고기 모양의 비스킷인 피시 과자와 아기 주스를 간식으로 주었다.

할머니는 '애나에게 어떤 장난감을 사주면 좋을까?' 생각하면서 장난감 가게를 찬찬히 둘러보다가 병원 놀이 세트가 눈에 들어온다. 그리고 꼼꼼히 몇 개월부터 사용하면 좋은지를 확인하고 애나와 함께 재미있게 놀 수 있을 것 같아 선택했다. 그리고 집에 도착해서 슬그머니 애나에게 내밀었다. 애나는 금세 눈을 반짝거리며 투명하게 포장된 부분을 통해 핑크퐁을 보고는 그 안에 무엇이 들어있는지 너무 궁금한지 빨리 상자를 개봉해달라고 조른다. 할머니의 빠른 손놀림으로 연 핑크퐁

안에는 병원 놀이 세트가 들어 있었다. 애나는 어린이집에서 놀았던 기억이 났는지 청진기를 귀에 꽂고는 할머니 가슴에 갖다 대었다. 반짝반짝 빛이 나면서 〈아기상어〉 노래가 나온다. 그리고 체온계를 귀에 넣어서 체온을 재고 조그마한 거울이 달린 것을 갖고서 할머니의 입안을 살펴본다. 귓속을 살피는 것은 누르면 불이 들어온다. 애나 의사 선생님은 열정을 다해 할머니 환자를 사랑으로 진료한다. 그리고 애나 선생님은 주사기를 들었다. 할머니는 나이가 많이 들어도 주사 맞는 것은 언제나 두렵다. 주사 맞을 손바닥을 펴고 아플까 봐 눈을 질끈 감는다. 이런 할머니 모습이 재미있는지 애나는 싱글벙글 웃으며 얼른 주사를 놓지 않고 장난스럽게 뜸을 들인다. 그리고 주사기를 꾹 눌러서 주사를 놓는다. 할머니가 너무 아파서 "엉엉" 우는 소리를 내고 애나는 까르르 웃으며 더욱 신이 난다. 그리고 아픈 할머니 손에 입을 대고 '사랑의 호호'를 해준다. 그리고 손이 다 나은 할머니는 이제 팔이 아프다가, 어느새 다리로 옮겨간다. 이렇게 애나 선생님의 사랑의 과잉 진료로 할머니의 몸에는 여기저기 종이 밴드가 붙여지고 있다.

애나는 가끔 손이 아프다고 한다. 그래서 놀다가 부딪치거나 생채기가 났는지 살펴보면 아무 흔적도 없다. 아마 애나가 병원에 입원해서 링거 바늘을 꽂을 때마다 손이 아팠던 생각이 나나 보다. 어린이집을 다니기 전에는 병치레가 없었던 애나는 어린이집을 가서 친구들과 어울려 놀면서 기침을 자주 한다. 어느 날은 갑자기 심하게 열이 나고 숨을 쉬는데 쌕쌕거리며 힘들어하고 기침할 때도 한 번도 들어보지 못한 컹컹거리는 소리가 나서 급히 아동병원으로 갔더니 후두염과 폐렴이라고 한다. 그리고 애나와 함께 코로나 검사를 하고 입원해서 치료받아야 했다. 애나가 음식을 삼킬 때마다 목이 아파 먹는 것도 힘든데 설사까지 하게 되어 진료하시는 의사는 유제품들을 먹이지 못하게 하였다. 병원에서 나오는 아동 식단인 밥과 국 위주로 먹이며 간식까지 줄여야 했다. 그리고 호흡기 치료를 위해 아침저녁으로 네뷸라이저를 입에 갖다 대면 애나는 심하게 거부한다.

억지로 하려 하니 안 그래도 목이 아픈 애나를 울리게 되고, 빨리 낫기 위해서는 해야 하는 것이라 참 난감한 시간을 보냈다. 애나가 잘 때 멀찌감치 떨어져 몰래 하거나 애나가 좋아하는 동영상인 〈아기 상어〉를 보여주는 동안 해야 했다. 그리고 속상하게도 링거 바늘이 꽂힌 곳이 헐거워져 다시 꽂을 곳을 찾아야 해서 두 번이나 겪은 아픔을 애나의 손이 기억을 하나 보다. 할머니는 애나의 손에 입을 갖다 대고 "호호~"를 하며 "애나야, 이제 우리 애나는 다 나았어."라며 이제는 아프지 않고 건강하게 잘 자라기를 소망하며 기도를 드린다.

20

까꿍 놀이에서 꼭꼭 숨어라로 업그레이드

할머니인 나는 애나의 태명을 까꿍이라고 불렀다. 그래서 딸과 통화할 때마다 까꿍이의 안부를 물었고 미국인 아들이 까꿍이 무슨 의미냐고 할 때 나는 양손을 펴서 얼굴을 가렸다가 "까꿍!"이라고 소리를 내며 얼굴을 다시 보여주는 시범을 보여주었다. 덩치가 큰 아들이 까르르 웃으며 "피카부!(Peek-a-boo!)"라고 한다. 미국인도 아기랑 까꿍 놀이를 하나 보다. 만나는 사람들에게 웃음을 줄 수 있는 사람이 되기를 바라는 할머니의 소망이 담긴 태명이다.

애나가 눈을 마주치며 웃기를 시작할 때부터 제일 즐거워하는 놀이가 까꿍 놀이다. 양손으로 얼굴을 가리고 손가락 틈새로 보이는 애나의 표정은 너무나 사랑스럽다. 커다란 눈을 동그랗게 뜨고 기대에 찬 호기심으로 눈이 반짝반짝한다. 그리고 "까꿍!" 말을 하면서 얼굴을 쏙 내밀며 까르르 까르르…… 우리는 웃음 천국이 된다.

애나가 자주 보는 책은 펼쳐진 한 부분의 얼룩무늬를 보고 다음 장을 넘기면 젖소가 나타나고, 부드러운 털을 만지면서 책장을 넘기면 토끼가 기다린다. 그리고 거울이 나타나고 다음 책장을 넘겨보면 거울에 예쁜 애나가 나타난다. 이렇게 호기심과 기대감으로 애나의 성장에 자극이 되고 애나만의 세계가 확장되는 계기가 된다. 애나가 혼자 책장을 넘기면서 다음 내용이 궁금한지 "까꿍!" 하면서 넘기는 것 또한 신기하다.

그리고 커튼 속에 얼굴을 묻고 돌아서서 뒤태가 다 드러나 있는 애나의 모습에 반하지 않을 사람이 있겠는

가? 살금살금 다가가 커튼을 걷으면서 "까꿍!" 하면 좋아서 폴짝폴짝 뛴다. 할머니는 커튼 속 애나를 살피며 "까꿍!"과 함께 손가락 동물 인형을 내밀기도 한다. 어떤 때는 하얀 토끼가 나타나고 어떤 때는 얼룩무늬 호랑이가, 어떤 때는 초록색 개구리가 나타나 재미를 더해준다.

　애나가 걸으면서부터 까꿍 놀이로 온 거실을 누비게 한다. "애나야, 할머니 어디 있어?"라고 하면 소리 나는 소파 쪽으로 쪼르르 달려온다. 나는 숨죽이며 기다렸다가 애나가 다 와 가면 갑자기 "까꿍!" 하고 나타난다. 그러면 처음엔 놀라는 것 같더니 금세 까르르 웃으며 다음 찾을 곳을 기대한다. 할머니는 얼른 거실 커튼 뒤에도 숨고, 싱크대 뒤에도 숨는다. 그리고 현관문으로 나가기도 하고, 할머니 방문 뒤에서 기다리면 살금살금 다가오더니 애나가 먼저 "까꿍!" 할 때도 있다. 심하게 놀라는 할머니는 애나에게 즐거움이 된다. 이렇게 장난을 치며 놀다 보면 애나는 신이 나서 뛰어다니는데 할머니의 저질 체력은 고갈되어 소파에 드러눕게 된다. 그리고 더 놀고 싶어 하는 애나를 안아 다리에 높이 올려 비행기를 태워준다. "슝~슝!" 이리저리 방향을 틀어가며 우리의 웃음은 끊어지지 않는다.

미국으로 떠나기 석 달 전에 미리 커다란 박스에 이삿짐을 꾸려서 보내야 하는 것들이 있다. 엄마, 아빠는 짐 꾸리는 일을 시작하더니 제일 먼저 한 일이 애나 집을 만들어주는 것이었다. 둘이서 열심히 박스 위를 열어서 뾰족한 지붕을 만들고 벽에는 창문틀을 만들어 창문을 내고 애나가 들어가고 나올 수 있게 크게 문을 만들었다. 그리고 여러 장의 스티커를 주어 애나가 자기의 집을 맘껏 꾸밀 수 있게 해주었다. 할머니는 이런 엄마, 아빠의 모습을 뿌듯하게 바라보며 미국에 가서도 얼마나 알콩달콩 예쁘게 살아갈지를 생각하면 마음에 기쁨이 가득해지고 감사 기도를 하게 된다. 애나가 꾸민 멋진 작품은 까꿍 놀이의 장난감이 되었다. 수시로 집 안에 들어가서 창문으로 얼굴을 내밀며 까꿍 놀이를 한다. 할머니는 옆에 있어도 못 들은 척도 하고, 반대편 창문으로 가서 먼저 "까꿍!"도 한다. 이것은 애나의 예상을 깨고 애나에게는 상상력과 기대감을 배우게 한다.

애나가 돌이 되고 어린이집에 다니면서 까꿍 놀이가 '꼭꼭 숨어라'로 업그레이드가 되었다. 애나는 벽에 돌아서서는 할머니가 숨기를 기다린다. 이렇게 있는 모습이 너무 사랑스러워 오히려 살금살금 뒤로 가서 같이 서 있다. 숨었겠지? 하고 돌아보다 할머니를 발견하고는 활짝 웃는다. 할머니는 어떻게든 애나의 예상을 깨뜨려주려고 온 맘을 쏟는다. 미끄럼틀 뒤에 숨기 위해 몸을 바닥에 바짝 붙이거나 책상다리 안에 숨기도 한다. 애나는 또 할머니가 술래가 되기를 원한다. 할머니가 벽에 머리를 대고 "애나야, 숨었니? 이제 찾는다." 하고 돌아보면, 숨으러 들어간 방에 있는 브랜든의 침대 곁에서 아기용품을 만지고 있을 때도 있고 어떤 때는 응가 하는 모습을 보이기 싫어서 커튼 뒤에나 문 뒤에서 숨어서 오지 말라고 "안녕~ 안녕."이라고 손사래를 칠 때도 있다.

이 모든 모습이 영화를 보듯이 눈앞에 선하다. 애나가
성장하는 모습을 간직하고 있는 할머니는 너무 행복하다.

21

애나는 흥부자… 할머니는 음치, 몸치

애나는 누워 있는 아기일 때부터 흥이 많아서 모빌에서 음악이 나오면 누워서도 신나게 손과 발을 움직였다. 음악이 나오는 튤립 사운드북을 어디나 들고 외출하였다. 그리고 8개월부터 파니파니스쿨 수업을 들으면서 음악에 맞춰 체조하고 몸을 움직이며 노는 재미를 알고 호기심을 주는 여러 가지 도구를 이용한 촉감 놀이로 오감을 발달시켰다. 매번 수업에 참여할 때마다 애나가 리듬에 맞춰 몸을 표현하는 것을 배우며 즐거워하는 것을 보게 되고 성장하는 것이 느껴진다.

그리고 집에 와서도 수업 시간에 들었던 노래를 들려주면서 함께 노는 시간을 참 행복해한다.

그리고 거실 소파에 앉아서 TV를 켜놓고 〈Wheels on the Bus〉라는 동요의 노랫말에 맞춰 영상을 열심히 따라 한다.

"round and round"의 가사에 맞춰 팔을 빙글빙글 돌리더니

"open and shut"에는 문을 여닫듯이 양손을 벌렸다가 닫기를 반복한다.

"swish swish swish"에는 와이퍼가 창문을 닦듯이 양 손바닥으로 흉내를 낸다. 이 모습이 너무 귀여워 옆에서 할머니도 같이 따라 하고 있다.

"blink blink blink" 고사리손을 꼬물꼬물하고

"beep beep beep"에는 무릎을 두드리며

"vroom vroom vroom" 발을 쿵쿵

"up and down"엔 앉아서 폴짝.

"Wah, wah, wah!" 아기 우는 흉내를 내는 애나

"Shh, shh, shh!" 손가락을 입에 갖다 댄다.

"I love you!" 둘이서 서로 껴안고 신나게 놀기를 반복한다. 이런 모습에 엄마와 아빠까지 합류하면 애나는 더욱 신이 난다.

가끔 애나는 장난감으로 혼자서 놀다가도 나에게 노래를 불러달라고 '삐삐~' 흉내를 내고 '브롬브롬'을 하는데 음치인 할머니는 영어 실력까지 짧아서 도저히 불러줄 수가 없다. 대신 핸드폰으로 유튜브를 보여주게 되니 핸드폰을 보는 시간이 생겨서 살짝 염려되지만 어쩔 수가 없다.

돌이 지나고 어린이집에서 배우는지 핑크퐁의 〈아기 상어〉를 좋아하게 되고 마이크 모양에서 핑크퐁의 동요들이 나오면 신이 난다. 그저 가만히 앉아 있을 수 없는지 서서 거실을 누빈다.

"붐바디붐붐 부기우기브……."

할머니는 무슨 뜻인지 모르는데 애나는 몸을 흔들고 좌우로 비틀더니 발을 구르기까지 한다. 이렇게 흥이 많은 애나를 아는 할아버지가 애나를 데리고 놀러 나가더니 장난감 악기 세트를 사서 왔다. 작은북을 두드리는 두 개의 북채와 양손에 쥐고 흔드는 마라카스와 탬버린과 나팔까지 들어 있어서 우리는 더욱 신이 났다. 할머니는 작은북을 두드리고 할아버지는 탬버린을 흔들다가 나팔까지 한 번씩 불어주면 애나는 양손에 마라카스를 쥐고 온 거실을 누비며 춤을 춘다.

이런 애나를 힘들게 하는 감기가 찾아와 영 떨어지지 않더니 지난밤엔 38도로 열이 나고 애나도 아픈지 쉽게 잠들지 않는다. 마침 엄마, 아빠는 부산에 브랜든을 데리고 가 있어서 남편과 나는 어찌할 바를 몰라 '열이 오를 때'라고 네이버에 검색한다. 미지근한 물로 몸을 닦고 딸에게 연락해서 상비약으로 가지고 있던 코푸시럽

의 빨간색과 파란색 두 가지 약을 번갈아가며 두 시간
마다 먹었다. 열을 재고 노트에 기록하며 '응급실로 가
야 하나?' 하는 염려 속에서 밤을 꼬박 새웠다. 다행히
해열제 덕분에 열이 떨어지기 시작했고, 아침이 되어서
또다시 '병원에 가야 하나?' 하는 생각을 하면서 지난 밤
해열제 복용에 따른 체온의 변화를 딸에게 알려주었더
니 딸은 병원에 가보라고 한다. 남편과 나는 병원에 갈
준비를 하고 있는데 애나는 마이크 모양의 핑크퐁 음
악을 틀더니 '붐바디붐붐' 노래에 맞춰 마라카스를 쥐
고 춤을 추고 있다. 나는 걱정하는 딸에게 애나의 영상
을 찍어서 보내면서 다시 병원에 가야 할지 물었다. 딸
의 일시적인 해열제 영향이라는 말처럼 아동병원에 접
수해놓고 기다리면서 애나는 점점 기운 없고 축 처지고
있다. 그래도 병원에 와 있어서 얼마나 다행인지…….
의사는 입원을 권했고 우리도 감기를 길게 앓는 것이
염려되어 입원을 결정했다. 병원에서 지내는 4일 동안
열이 떨어지고 컨디션이 좋아진 까닭일까? 애나는 환자
복을 입고 침대 위에서 〈아기 상어〉 노래에 맞춰 춤을

춘다. 나는 이러는 애나의 영상을 찍어서 염려하고 있을 딸에게 '걱정하지 말라.'는 메시지로 보내주었다.

애나는 음치, 몸치인 할머니를 닮지 않고 장난을 좋아하고 유쾌한 엄마, 아빠를 닮아서 참 다행이다.

22

엄마도 애나도 발 꼭꼭!

딸이 아기 때부터 잠들 때면 매번 나는 손과 발을 쓰다듬으며 손가락과 발가락 하나하나를 정성스레 꼭꼭 눌러주고는 끝을 튕겨주었다. 이렇게 마사지해주면 마음이 평온한지 쉽게 잠이 들곤 하였다. 딸이 학교에 다니고 성장할수록 발 꼭꼭 시간은 더욱 소중한 시간이 되었다. 내가 일하고 함께 지낼 시간이 줄어들수록 발 꼭꼭 시간이 대화의 시간이자 딸과의 소통의 시간이 되었다. 학교에서 있었던 일들을 나누며 나 역시 최근에 만난 사람들의 성향과 느낌을 전해주며 서로의 생각을 말하는 시간이 되었고 스르르 잠든 딸의 머리에 손을 없어 하나님께 기도하는 시간이 되었다.

　그리고 딸이 결혼하고 부산에 내려가서 거실 소파에 아들과 셋이서 나란히 앉아서 함께 영화를 볼 때도 딸은 아들의 무릎을 베고 누워서 발을 쓱 내 앞으로 내민다. 이것을 지켜보는 아들은 빙그레 웃으며 고개를 절레절레 흔든다. 두 아이의 엄마가 된 지금도 두 아이를 재우고 함께 지내는 밤이면 슬그머니 손을 쓱 내밀기도 하고 누워서 발을 쓱 내민다. 그러면 나는 손과 발을 내 앞으로 당겨서 잠이 들 때까지 꼭꼭 눌러가며 마사지를 시작한다. 딸이 두 아기를 돌보느라 가끔 코까지 골 때면 '얼마나 피곤할까?' 하는 마음에 다리와 팔의 뭉친 근육들을 하나하나 풀어주며 더 많은 시간을 가진다.

　그리고 언제나 딸의 발톱은 내가 잘라주었다. 바쁜 나날이었거나 그간 자주 못 보았는지를 아는 방법은 딸의 발톱이 길어서 보기에 거슬린다는 것인데 한번은 아들이 잘라주었다고 한다. 이제는 아들의 몫이 되겠지? 그리고 나에게 다시 기회가 오기를 기다리는 마음이 생긴다.

　아침 시간의 발 꼭꼭 시간은 딸보다 일찍 일어나는 애나와 함께한다. 애나가 일어나면 "모닝~" 하며 인사를 나눈다. 잠이 덜 깬 눈으로 싱긋이 웃는 애나가 너무 사랑스럽다. 그리고 침대에서 데리고 나와 제일 먼저 밤새 쉬를 해서 찝찝한 기저귀를 갈아준다. 그리고 소파 위에 있는 수유 쿠션에 눕혀서 눈을 마주치고 웃으며 장난을 건다. 그리고 팔과 다리를 조물조물 주무르고 두 팔을 쭉쭉 펴서 하늘 높이 들어서 만세를 하고 '툭~' 하고 자리에 떨어뜨린다. 그리고 이번에는 두 다리도 하늘 높이 올려서 '툭~' 제자리에 떨어뜨리기를 각각 몇 번 반복하다 보면 잠이 완전히 깨게 된다. 나 역시 같이 웃고 즐기면서 고개를 천천히 돌리고 또 손으로 고개를 좌로, 그리고 우로 당겨 뭉친 어깨 근육도 풀어준다. 두 손을 깍지 끼고 한껏 치켜들고는 스트레칭을 한다. 이 모습이 재미있어 보이는지 애나도 만세를 하며 따라 한다.

그리고 파니파니스쿨에서 놀이처럼 재미있게 배운 발 마사지를 시작한다. 발의 자극을 통해 두뇌가 발달하고 혈액을 순환시켜 몸의 성장에 도움을 준다. 특히 발가락을 자극해주는 것은 두뇌와 직결이 된다. 나는 둘째, 셋째 손가락 사이에 애나의 조그마한 발가락을 살짝 집어 올리며 엄지발가락부터 시작한다.

"아빠 발가락 흔들흔들 톡!"
"엄마 발가락 흔들흔들 톡!"
"언니 발가락 흔들흔들 톡!"
"오빠 발가락 흔들흔들 톡!"
"아기 발가락 흔들흔들 톡!"

그리고 주먹을 쥐고 발바닥 전체를 톡톡 가볍게 두들겨주고는 발꿈치에서 발끝으로 간지럼을 태우듯 '슝~' 하고 미끄러진다. 까르르 재미있게 아침을 시작한다. 그리고 또 손으로 시선을 돌려…….

"아빠 손가락 흔들흔들 톡!"

"엄마 손가락 흔들흔들 톡!"

"언니 손가락 흔들흔들 톡!"

"오빠 손가락 흔들흔들 톡!"

"아기 손가락 흔들흔들 톡!"

그리고 주먹을 쥐고 손바닥을 톡톡 두들겨주고는 '슝~' 하고 로켓을 쏘듯 하늘로 올린다. 이렇게 아침 체조 시간은 즐거운 놀이가 된다.

그러면 애나는 200㎖의 분유 한 통을 가뿐하게 먹는다. 그리고 놀이방에서 책들을 꺼내서 이야기식으로 읽어준다. 애나는 한 시간 동안 알고 싶은 모든 책을 꺼내어 내 앞에 내민다. 특히 호기심을 많이 주는 책을 보며 노는 것을 애나는 가장 좋아한다. 손바닥만 한 작은 책들을 고사리손으로 책장을 넘겨가며 소리를 내어 읽는다. 무슨 말인지 알 수는 없지만, 애나의 표정을 통해 느낄 수가 있다. 사뭇 진지하다가도 좋아하는 그림이 나오면 입이 먼저 웃는다.

애나와 함께 보낸 아침 체조 시간이 벌써 그리워지고
보고 싶다.

23

안녕, 빠이, 고마워

    인성이 밝아 만나는 사람들에게 사랑받는 애나를 보면서 할머니는 오랫동안 해온 자기 일을 생각해보았다. 만나는 사람들이 예뻐지고 건강해질 수 있는 제품을 권하고 또, 그렇게 해서 좋은 결과를 얻은 사람에게서 다른 사람들을 소개받는 일이다. 사람을 만나서 설득해야하는 일이고 함께 꿈을 꾸고 목표를 이루는 동지를 찾는 일이기도 하다. 그래서 늘 배움이 필요하고 아는 것을 가르쳐줘야 한다. 이렇게 일의 시작도 끝도 인간관계 속에서 이루어진다. 그래서 늘 사람에 대해 고민하고 스트레스를 받고 한편으로는 그들에게 스트레스를 주는 사람이 되곤 한다.

    모난 돌이 먼저 정 맞듯이 '내가'라며 내세워진 뾰족뾰족 튀어나온 많은 성품이 하나하나씩 정을 맞아 깎이고 다듬어지는 연단의 과정은 힘이 든다. 언제나 사람들과 함께 있을 때는 웃으며 씩씩한 동적인 사람이지만, 혼자 있는 시간이면 눈물이 많고 사색을 좋아하는 정적인 사람이다. 100% 긍정의 겉모습 속에 감춰져 있는 열등감은 나 자신을 힘들게 할 때가 많았다. 그러던 중 하나님을 만나 그분의 자녀가 되고 기도라는 크나큰 무기를 가지게 되었다. 애나가 갓 태어난 아기 때 모든 것을 울음으로 자신을 표현함과 같이 나 역시 매번 기도회에서 울다 오기 일쑤였다. 애나가 자라서 서툰 표현이지만 말을 시작하게 되고 엄마, 아빠를 부르는 경이로운 기적의 순간을 맞듯이 나 역시 기도 응답이라는 기적이 쌓이고 그 속에서 감사함과 사랑함을 배우게 되었다. 그렇게 힘들었던 인위적인 관계에서 진심이 통하는 자유와 평안을 누리는 사람이 되어간다.

애나는 어느 곳에서든 만나는 사람들에게 활짝 웃으며 "안녕." 하고 인사를 한다. 무심히 굳은 표정으로 자신 생각의 세계에 빠져 있던 사람들은 갑자기 당황하면서 "안녕."이라며 어색한 화답을 한다. 그리고 멋쩍은 표정으로 애나를 보며 웃는다. 이제 엘리베이터 안에서 자주 만나는 사람은 애나를 보면 먼저 "안녕."이라며 손을 흔들며 인사를 하고 애나도 웃으며 "안녕."으로 화답한다. 어른들끼리도 "안녕하세요."라며 인사하면 짧은 시간 긴 어색함이 순간 밝은 분위기가 된다.

애나가 안녕이라고 인사를 하듯이 "예쁘다, 귀엽다."라며 애나에게 먼저 말을 걸어주는 사람들을 종종 만난다. 횡단보도 앞에 나란히 신호를 기다리며 "아! 예쁘다."라며 말을 하는 사람에게 애나는 "고마워."라고 인사말을 하고 그 말이 너무 귀엽다며 어른들끼리 인사를 나눈다. 그리고 "빠이빠이."라며 헤어진다. 애나를 데리고 빵집이나 마트를 갈 때도 언제나 서로 인사를 나눈다. 인사로 인해 다음 만날 때는 훨씬 더 친숙한 관계로 만나게 되고 안부도 나누게 된다. 집에서 식탁 의자에 앉아 밥을 먹을 때도 먼저 엄마는 애나에게 "잘 먹겠습니다."라고 가르치고 다 먹고 나서 "잘 먹었습니다." 인사를 가르쳐준다. 애나는 "안녕."과 "고마워."로 인사를 하면서 인간관계의 가장 기본을 익히게 된다. 할머니가 그동안 가장 어려워했던 인간관계의 비결을 애나에게서 배운다.

애나가 돌이 지나고 두 단어로 문장을 하게 되었다.

어린이집 등원할 때는 "선생님, 안녕!"이라고 인사를 하고, 방과 후 내릴 때는 "선생님, 고마워!"라고 인사하는 애나를 너무 귀여워하신다. 병원에서 진료받을 때도 "선생님, 안녕."이라고 말을 한다. 싫어하는 콧물 석션기 때문에 울다가도 진료가 끝나면 "선생님, 고마워."를 하고, "애나가 잘 참았네." 칭찬하는 의사 선생님에게 "빠이빠이."를 하며 나온다.

이렇게 할머니는 애나로 인해 삶이 훨씬 풍성해지고 행복감에 젖게 된다. 애나의 작은 움직임 하나에 할머니는 환호성을 지르고 애나의 말 한마디에 할머니는 기쁨이 충만하다.

24

외출 준비의 끝은 마스크

코로나가 한창일 때 애나가 태어났다. 할머니는 '어린 애나에게 혹시 나쁜 환경을 전해주게 될까?' 해서 외출을 삼가며, 나갈 때는 꼭 마스크를 착용한다. 더불어 한 지붕 아래 사는 할아버지도 회사 점심시간에 식당 이용하던 것을 중지하였다. 직원들과 함께 도시락을 먹는 것도 혼자 단백질 셰이크로 대신하며 코로나를 조심할 수밖에 없다. 할머니는 코로나로 인해 외식하기도 조심스러워 매일 '뭘 먹을지?' 식사를 고민하는 주부의 삶을 살게 되고 딸과 아들의 반찬도 자연스럽게 신경 써서 해주다 보니 꽤 음식 솜씨가 늘고 있다.

재미있게 책을 읽어주는 엄마, 아빠와 함께 집에서 장난감을 가지고 노는 것이 애나가 아는 즐거운 세상이다. 동물 모양의 천 인형을 가지고 동물 소리를 내며 신나게 논다. 애나는『똥이 퐁당!』책을 눌러서 '뿡뿡' 방귀 소리가 나오는 것이 재미있다. 입체 책들을 쫙 펼쳐보고 손끝에 닿는 모양과 촉감을 느껴본다. 할머니가 블록을 높이 쌓아놓고 모르는 척 딴짓하면 애나는 장난스러운 표정으로 와서 무너뜨리고, 작은 책들을 줄지어 세워놓으면 쪼르르 와서 무너뜨리며 도미노 놀이도 한다. 연거푸 쌓고 무너뜨리는 재미에 한참을 신나게 논다.

　식판에 연두부를 주면 손으로 주물럭거리며 덩어리가 작게 부수기도 한다. 손가락 사이로 빠져나오는 두부의 느낌이 좋은지 연신 '까르르'거린다. 그리고 두부가 손에 잔뜩 묻자 입으로 식판에 있는 두부를 먹어서 온 얼굴에 두부가 하얗게 묻어 있는 애나의 모습이 너무 사랑스러워 웃는데 애나는 왜 웃는지 알 수가 없다. 여름엔 커다랗고 둥근 김장 비닐을 깔아놓고 수박을 깍

둑썰기해놓고 놀았다. 할머니의 세대는 먹는 음식으로 장난치면 안 된다는 생각이지만 엄마는 먹는 것을 포기하고 애나의 오감 놀이 도구가 되는 것을 선택한다. 그림책처럼 검은 줄무늬의 커다란 수박을 '툭' 하고 쪼개니 검은 씨가 박힌 붉은 수박이 '짠' 하고 나타난다. 할머니는 〈수박 파티〉 동요를 불러준다.

"커다란 수박 하나 잘 익었나? 통통통."
"단숨에 쪼개니 속이 보이네……."
"우리 모두 하모니카 신나게 불어요."
"쭉쭉 쭉쭉쭉 쓱쓱 쓱쓱쓱 싹싹 싹싹싹……."

수박이 쪼개지고 뭉그러져 하얀 슈트에 수박 물이 들어 붉은 슈트가 되었다. 아빠가 애나랑 놀 때는 다양한 색깔과 모양의 파스타를 삶아서 애나가 맘껏 만져볼 수 있게 해준다. 애나의 목걸이가 되고 팔찌가 된다. 먹어도 해가 되지 않게 만들어서 함께 개구쟁이가 되어 놀아주는 아빠의 모습을 할머니는 뿌듯하게 보고 있다.

애나가 자라면서 집 밖의 세계에 관해 관심이 커졌다. 주말이면 오시는 할아버지가 애나를 데리고 바깥으로 나가는 걸 좋아한다. 애나에게 자연의 소리를 들려주고 보여줘야 한다는 생각이지만 애나에게 예쁘다며 관심을 보여주는 사람들의 말을 듣는 걸 할아버지도 좋아한다.

애나는 항상 외출할 때는 어른들이 마스크를 써야 한다는 것을 알게 되었다. 마스크를 쓰는 사람은 외출하고 그 사람을 따라가면 애나도 외출하게 된다는 것을 알게 되어 애나는 마스크를 살피게 되었다. 그리고 애나가 어린이집에 가면서 애나도 마스크를 써야 한다. 아침에 식사하고 난 후, 양치와 세수하며 욕실 거울 속의 애나와 웃으며 장난을 건다. 그리고 로션을 바르며 "우리 애나 예뻐." 소리를 들으며 옷을 입고 양말을 신는다. 그리고 예쁘게 머리를 빗고 가방을 메고 신발을 신고 신발장 거울 속의 애나에게 "안녕!" 인사를 하고 마스크를 쓰고 엘리베이터를 타러 나간다. 애나가 처음에는 답답해하며 손으로 벗어버리더니 이제는 의식하지 않은 채 쓰고 있다. 오후에 애나를 마중하러 나와 벤치에 앉아 기다리는데 노란 어린이집 차에서 내리신 선생님께서 "애나는 집에 올 시간이면 꼭 마스크를 챙겨요."라고 하신다. 애나의 들어가고 나감의 마지막은 마스크가 되어준다. 마스크를 쓰지 않고 맘껏 숨을 쉴 수 있는 세상이 되기를 기도한다.

할머니가 되고 보니 딸을 키울 때 미처 생각지 못했던 것을 알게 되고 생각하게 된다. 오늘도 나와 내 가족에 대한 좁은 시야에서 이웃과 사회를 생각하고 사람에 대한 감사와 사랑을 배운다.

제 4 장

언니가 되다

Hi, Anna

25

싱크대로 고고

애나가 걷기 시작하면서 애나의 자존감이 더 높아졌을까?

할머니와 엄마, 아빠는 애나가 돌이 되면서 애나의 신발들을 사놓고 함께 강변을 산책할 기대에 차 있는데 애나는 겨우 두 손으로 바닥을 짚고 일어서서 놀이방 가드를 잡고 걷기를 시작하였다. 가끔은 가드에서 손을 떼고 서서 잠시 숨을 고르며 긴장을 한 모습으로 한 발을 딛고 또 다른 한 발을 내딛는 순간 넘어져 엉덩방아를 찧기 일쑤이다. 아픈 기억 때문일까? 애나는 걷기를 주저하고 있고 어린이집에 갔을 때도 같은 반 친구들은 걸어 다니는데 애나와 한 친구만이 선생님의 손을 잡고 걷고 급할 때는 기어다닌다고 한다.

유난히 겁이 많았던 엄마는 늦게 걸었지만 걷기 시작하고는 넘어지는 일 없이 잘 걸어서 다치지 않았다. 할머니는 애나가 빨리 걷기를 소망하지만 애나도 겁이 많은가 보다 생각하면서 여유를 가지게 되었다.

그런데 애나가 갖고 싶은 것을 친구가 먼저 가서 갖게 되고 미끄럼틀을 타고 싶은데 친구가 먼저 타서 속상함이 있는 것 같다는 선생님의 말씀을 들었다. 이에 할머니는 애나가 잘 걸을 수 있도록 어떻게 연습시켜야 할지 고민하게 되었다. 그래서 생각해내기를……. 애나가 흉내 낼 수 있게 걸음마를 막 시작한 아이의 영상을 보여주고, 가드를 잡고 서 있는 애나에게 "애나야, 할머니한테 와봐."라며 두 손을 내밀어 넘어지지 않게 잡아주었다.

주말이면 유모차에 태워서 넓은 영화의 전당 마당에 가서 걸음마를 연습했다. 말없이 애나를 지켜보고 있자면, 어린이집에서 돌아오면 놀이방에서 놀다가 가드를 잡고 서기도 하고 걷기를 시도해보고 있다. 그러다 한 번 넘어지면 한동안 걷기를 주저하는 것이다.

그러던 중 놀이방 가드에서 손을 떼고 서더니 첫걸음마로 로봇 걸음으로 서너 발자국을 떼고는 털썩 주저앉았다. 숨을 죽이며 지켜보던 할머니는 신이 나서 "우와~! 우리 애나 최고, 최고야!" 엄지 척을 쏘아댄다. 그리고 엄마, 아빠에게 자랑하고 아빠는 애나를 높이 들어서 비행기를 태운다. 온 가족의 칭찬에 애나는 신이 난다. 선생님께도 알려주면서 애나가 걷게 되면 칭찬을 부탁드렸다. 그리고 며칠 뒤, 애나는 자신감을 가지고 어린이집에서도 걷게 되었다. 그리고 선생님과 친구들에게 박수받고 축하받았다.

애나가 자유롭게 걸을 수 있게 돼 야외에서 노는 시간

이 많아지고 다양한 키즈카페로 원정 놀이도 자주 오게 되었다. 아이들 틈에서 트램펄린 위를 신이 나서 팔짝팔짝 뛴다. 암벽 타기를 도전하는 애나를 위해서 할머니가 젖 먹던 힘을 다해 애나의 엉덩이를 열심히 받치고 있다. 그리고 애나는 주방 놀이 세트를 가지고 혼자서 즐겁게 놀기도 한다. 시장에서 다양한 과일과 채소를 카트에 싣고 부엌으로 와 요리를 시작한다. 오이와 당근을 도마 위에 놓고 칼로 썬다. 접시에 다양한 과일을 썰어 담고 피자와 스파게티도 담아 할머니에게 갖다준다. 할머니는 "냠냠, 냠냠." 소리까지 내어가며 맛있게 먹는다. 애나에게도 한 입을 주면 "쩝쩝." 입맛을 다신다. 편백나무가 가득한 곳에서 공룡들과 친구가 되고 시크릿 쥬쥬 카페에서는 드레스를 입고 천사 날개를 달고 요술봉을 들었다. 그리고 화장대 앞에서 엄마의 화장을 흉내 낸다. 그리고 모래 놀이로 색다른 체험을 하고 파라솔 아래에서 캠핑 놀이하며 애나는 할머니와 놀이 파트너가 된다. 아직은 붕붕카를 타거나 축구를 하고 농구대가 있는 곳은 애나에게 버거운 곳이기도 하다.

엄마, 아빠는 애나가 걸으면서부터 우유를 마시거나 식사하고 나면 "잘 먹었습니다."의 인사와 함께 꼭 그릇을 싱크대 안에 갖다 넣는 '싱크대 고고'를 알려주었다. 그리고 아직은 작아 싱크대 안이 보이지는 않지만 다 먹은 것을 가지고 싱크대로 고고할 때마다 엄마, 아빠는 엄지 척으로 칭찬한다. 그리고 동생 브랜든이 분유를 먹고 나면 애나가 젖병을 '싱크대로 고고'하고 칭찬받는다. 하지만 이제까지 애나에게만 쏠렸던 관심이 동생과 나눠지게 되어 한 번씩 질투의 감정이 스멀스멀 올라올 때가 있다. 브랜든의 쪽쪽이가 없어져 소독기 안을 살피고 침대 주위를 살폈지만 아무리 찾아도 보이지 않았다. 그런데 애나가 '싱크대로 고고'를 한 것이다. 그리고 엉뚱하게 싱크대에서 책이나 장난감을 찾을 때도 있다.

애나의 작은 행동 변화에 공감하며 엄마, 아빠는 애나에게 더 많은 이야기를 나누고 사랑을 표현하려고 노력한다. 애나의 키와 몸무게의 성장도 감사하고, 애나의 다양한 감정 표현의 성장도 참! 감사하다.

26

언니가 된다는 것

애나는 아이들을 만날 때마다 애나만의 기준이 있다. 애나가 보기에 자신보다 체구가 작으면 개월 수 불문하고 '아기'라고 부른다. 그래서 간혹 아이의 엄마와 나를 당황스럽게 만들기도 한다. 그리고 애나보다 커 보이면 무조건 '언니'라고 부른다. 동생이란 단어와 오빠나 누나라는 호칭을 아직 구별하지 못한다. 같은 개월 수 아이보다 키와 몸무게가 큰 애나는 같은 0세 반의 친구들을 아기라고 여기며 지낸다. 그래도 집에 와서 혼자 놀면서 어린이집 친구 조이와 서희의 이름을 언급하기도 한다.

그리고 남녀 불문 언니에서 애나에게 놀이 순서를 양보해 주는 오빠라는 말을 이해할 즈음에 17개월 애나의 삶이 통째로 흔들리며 감당하기 힘든 큰일이 생겼다. 엄마와 아빠는 동생이 태어나기 전에 미리 아기 인형을 가지고 애나에게 아기에게 대하는 사랑을 가르쳤다. 그리고 작은 아기 옷들을 보여주며 함께 기다리는 마음을 나누었다. 애나도 분유에서 우유로 바꿔 먹게 되고 애나가 언니 될 준비를 하는 시간이 있었다. 그러나 막상 동생 브랜든이 태어나자 온통 마음이 복잡하다. 애나에게 브랜든은 사랑스럽기도 하고 미워지기도 하며 호기심 천국이 된다. 그리고 벌써 언니로서 감당해나가야 할 일들이 다가왔다.

　　제일 먼저 가장 큰일이 생겼다. 잠들 때마다 혼자 자는 두려움에 친구가 되어주는 애착 인형 바니와 더불어 쪽쪽이는 마음을 평안하고 안정감을 주는 도구였다. 그런데 쪽쪽이는 아기들이 하는 것이라서 언니가 된 애나는 이제 안녕을 해야 한다. 그래도 낮에는 노느라 잊고 지내다 간혹 생각이 나더라도 물고기 모양의 피시 과자로 대체가 되었다. 그러나 밤이 되어 잠이 들 때는 꼭 필요한 것이다. 할머니는 엄마, 아빠와 의논하고 끊기로 한 날부터 애나에게 마음의 준비를 하는 이야기를 시작한다. 저녁에 목욕하고 몸에 로션을 바르면서 애나가 좋아하는 "애나야, 아기 돼지 페파가 쪽쪽이를 가지고 가고 없네."라며 미리 분위기를 만들었다. 그리고 놀다가 잠들 때면 "페파야, 애나 쪽쪽이 가지고 와라."라며 숨겼던 쪽쪽이를 애나의 입에 물려서 기도하고 토닥토닥……. 금세 잠이 든다.

이렇게 며칠의 연습 끝에 드디어 쪽쪽이를 가져간 페파가 쪽쪽이를 가지고 오지 않는 날이 되었다. 애나는 페파를 기다리며 영 잠들지 못하고 심지어 엄지손가락을 물고 있다. 이렇게 시간이 흘러도 페파가 소식이 없자 애나는 '쪽쪽이'를 찾으며 울기 시작한다. 할머니 마음 같으면 얼른 입에 넣어주고 싶지만, 어차피 끊어야하는데 다시 반복하는 것은 애나도 힘이 들고 좋은 교육이 되지 않는 것 같다. 그렇게 울다가 다시 페파를 기다리며 간신히 잠이 들었다. 살금살금 애나 방을 빠져나와 한숨을 돌리는 순간 애나가 심하게 운다. 잠결에 쪽쪽이를 찾다가 없다는 사실이 두려운가 보다. 첫날은 세 번이나 울기를 반복하다 깊이 잠이 들었고 다음 날도 쪽쪽이를 찾으며 울었다. 그렇게 3일째가 되니 쪽쪽이를 가지고 간 페파가 다시 가지고 오지 않을 것을 인식하게 되고 더 이상 찾지 않고 기도하고 편하게 잠을 잘 수가 있었다. 이렇게 '쪽쪽이 끊기' 작전이 성공하게 되고 애나도 쪽쪽이에서 자유롭게 되었다.

근데 애나는 동생 브랜든의 입에 물린 쪽쪽이에 계속 시선이 간다. 얼마 전에는 내 것이었는데……. 슬그머니 손에 쥐고 입에 넣어보고 싶은데…….

"애나야, 쪽쪽이는 아기들이 하는 거야. 애나는 이제 언니야." 하는 할머니의 말에 얼른 제자리에 갖다 놓는다.

그리고 애나의 배변 연습을 위해 꽉꽉이 친구가 등장한다. 기저귀를 하지 않아 소변이 급한데 꽉꽉이 변기에 앉으면 영 나오지 않는지 몇 번을 앉았다 섰다 반복하더니 바닥에 일을 볼 때도 있다. 성공해서 꽉꽉이에 누게 되면 "우리 애나 최고." 하며 엄지 척을 해준다. 그러면 애나의 어깨가 잔뜩 올라가고 애나 특유의 싱긋이 웃으면서 뿌듯한 표정을 짓는다.

　　그리고 언니로서 할 일이 많아졌다. 브랜든이 기저귀를 갈 때가 되면 "애나야 미키 갖다줄래?", 브랜든 분유를 다 먹이고는 "애나야, 싱크대에 고고."……. 그리고 브랜든이 흑백 모빌을 보고 있으면 6가지 음악 중에 애나가 눌러서 골라주기도 한다. 브랜든이 울기라도 하면 얼른 딸랑이를 흔들어준다.

　　이런 애나가 사랑스럽고 한편으로 독차지했던 사랑이 나누어져서 마음이 어떨지 살피게 된다. 그만큼 많이 안아주고 사랑한다는 말과 장난을 치며 격하게 놀아준다. 애나가 충분히 사랑을 느끼도록 엄마, 아빠는 언제나 세심한 배려를 하고 있다.

27

애나 거, 애나가, 애나!!!

항상 싱글벙글 만나는 사람들과 인사를 나누던 애나에게 '부끄러움'이라는 성장의 감성이 생기게 되었다. 처음 보는 사람이거나 오랜만에 만나는 사람이면 슬그머니 엄마 뒤로 물러선다. 그리고 말을 걸고 장난을 걸어주면 무심한 듯 싱긋이 웃으며 다가와 친구가 되고 신나게 놀아준다.

애나가 17개월이 되자 동생 브랜든이 태어났다. 엄마와 함께 가지고 놀았던 아기 인형과 아기인 동생에게서 완전히 다르게 느끼는 것은 모든 시선이 동생에게 쏠리고 있다는 사실이다. 100% 무조건적 사랑을 보내줄 것 같았던 할머니조차 브랜든을 안아주고 무릎에 앉혀서 분유를 먹이고 있다. 그래서 애나도 할머니 무릎에 앉고 싶어서 엉덩이를 쏙 내밀면 슬그머니 밀쳐지는 느낌도 드나 보다. 그리고 지금 브랜든이 쓰고 있는 많은 것들은 '애나 거'였지만 지금은 '애나 거'라고 주장할 수가 없는 것은 동생 브랜든이 너무 귀엽고 사랑스럽기도 하고 또 이미 흥미를 잃은 것들이기 때문이다.

애나의 내면에는 매일 사랑과 질투의 감정이 서로 자리다툼을 하면서 애나는 점점 자신의 주장을 관철하는 단단한 애나로 성장을 한다.

싱크대 아래 칸에는 분명 아빠가 맛있게 먹는 예쁜 반짝이로 포장된 다양한 비스킷과 견과류와 말린 망고와 블루베리, 과일 칩들이 들어 있고 영화를 볼 때 팝콘으로 튀겨 먹는 옥수수가 들어 있다. 그리고 오트밀과 여러 가지 초콜릿이 있어 애나에게는 마치 보물을 찾아가는 미로 속 같다. 알록달록한 봉지 속의 물건들이 너무 궁금하다. 혼자 놀다가도 갑자기 생각이 나는지 쪼르르 달려가 싱크대의 문을 열고 과자들을 끄집어내다 보면, 엄마로부터 언제나 "이건 아빠 거야."라며 꺼낸 것들을 넣고 문을 닫기를 요구받는다. 애나는 궁금한 봉지에 이빨 자국들은 내놓았지만 언제나 아빠의 것을 존중해준다. 그만큼 지극한 사랑 속에서 예의를 지켜나가는 아빠의 성품을 똑 닮았다.

그리고 목욕 후에 머리를 말리는 헤어드라이어가 있는 화장대 위, 쭉 진열되어 있는 다양한 색깔과 다양한 모양의 물건들이 너무 궁금하고 맘껏 만져보고 싶은데 아무리 발돋움해도 손이 닿지 않아 속이 탄다. 환한 포인트 조명 아래 반짝이는 것들을 가지고 싶고 엄마가 맘껏 사용하는 것들이 알고 싶어 엄마 곁에 서서 계속 달라고 해보지만 언제나 "이건 엄마 거야."라며 밀려난다. 애나는 화장대에 손이 닿을 만큼 빨리 키가 커서 하나하나씩 뚜껑을 열기도 하고, 엄마처럼 얼굴에 발라도 보며 눈과 입에 예쁜 미술 공부도 맘껏 해볼 수 있기를 무척 기대하고 있다.

이렇게 '애나 거'로 갖고 싶은 것들이 많았던 애나는 드디어 '애나가'를 외친다. 이제 나도 컸으니 모든 것을 애나가 해보겠다는 의지의 표현이다. 식사할 때도 이제 애나는 양손에 포크와 숟가락을 사용하고 잘 떠지지 않으면 손으로 먹는다. 그리고 종이 팩에 담긴 주스도 '애나가' 먹겠다며 힘을 주다 보니 양이 절반이나 물총을 쏘듯이 쭉 빠져나가 버리기도 한다. 그리고 옷을 입을 때도 '애나가' 입고 싶고, 응가를 한 후 꽉꽉이 변기를 비우는 것도 '애나가', 목욕하면서 양치질할 때도 '애나가' 하기를 원한다. 책도 '애나가' 보고 싶은 걸로, 유튜브의 영상도 손가락으로 쓱쓱 넘기면서 '애나가' 원하는 것을 찾아내서 본다.

애나의 '애나가'가 늘어날수록 엄마, 아빠와 할머니는 '애나!'라며 자주 이름을 부르게 된다. 뭔가를 시도하려고 하면 '애나!'라며 제지한다.

　지금부터는 잠이 들 때도 애나가 가지고 싶은 것이 있다. 바니 인형만을 안고 잤으나 이제 아기 인형과 꿀꿀이와 오리 등등 많은 친구와 잠을 같이 자고 싶다. 할머니는 애나가 잠든 후에 바니 인형만 두고 다른 동물 친구들은 침대에서 다 내려놓는다.

　잠을 자던 애나가 잠꼬대한다. "애나 거.", "애나가." 라더니 갑자기 "애나!!!"라며 큰 소리로 외친다. 우리는 깜짝 놀라 서로의 얼굴을 쳐다본다. '애나!!!'라고 하는 목소리 주인은 목소리가 제일 큰 할머니가 아닐까? 이런 애나의 예쁜 성장이 매우 고맙다.

28

애나의 손톱자국

모든 사랑과 관심을 독차지하던 17개월의 애나에게 남동생 브랜든이 태어난 것은 엄마, 아빠의 사랑을 나누어가는 강력한 연적이 생긴 셈이다.

아직은 애나도 어리광을 부리며 엄마, 아빠의 사랑을 받아야 하는 아가이다. 하지만 애나가 보아도 너무 사랑스러운 동생이 예쁘다가도 한 번씩 샘이 나는 것은 애나도 어쩔 수가 없다. 애나의 마음은 가끔은 섭섭하기도 하고 화가 나기도 해 마음이 복잡하다. 만나는 사람들이 하는 예쁘다는 말과 사랑스러운 시선이 동생에게로 나눠지는 것이 싫다.

더구나 아기 때 매일 덮고 잤던 모로반사 이불을 지금
은 동생이 덮고 있어 슬그머니 당겨보지만 금세 엄마로
부터 "애나야, 그럼 안 돼!"라는 소리를 듣게 된다. 그리
고 이제껏 잠들 때마다 친구가 되어준 애착 인형 바니
와 함께 마음에 위안을 주던 쪽쪽이와 언니가 되었다는
이유로 작별해야만 했다. 처음 2~3일은 밤에 잠이 오
지 않는지 칭얼거리더니 다행히 적응을 잘해주었다. 그
러나 아주 가끔은 잠을 청할 때 엄지손가락을 입에 넣
는 것을 보면 할머니는 안쓰러운 마음이 든다. 낮에 브
랜든의 쪽쪽이가 눈에 띄면 차마 애나는 자기 입에는
넣어보지 않고 손으로 만지작거리다 결국 브랜든의 입
에 억지로 넣어준다. 이 모습에 할머니는 다급하게 "애
나야, 그럼 안 돼!" 소리를 지른다. 애나가 브랜든 가까
이 있으면 어른들은 표현은 하지 않지만 내심 불안한
마음으로 지켜보게 된다. 그러면서 엄마, 아빠는 더 많
이 애나에게 사랑한다는 말과 스킨십을 표현하려고 한

다. 할머니도 "우리 애나 최고!"라며 엄지 척해준다.

어떻게 하면 애나의 스트레스를 풀어줄 수 있을까?

미국으로 떠날 날이 며칠 남지 않았다. 부산에서 딸과 아들이 10개의 커다란 캐리어에 짐들을 정리할 동안 대구에서 나는 남편이랑 둘이서 애나와 브랜든을 같이 돌보아야 한다.

곧 미국으로 떠나야 하는 아쉬움에 하루하루를 보내는 시간이 아까워서 어제는 비가 오는 날씨에도 그림 그리기를 좋아하는 애나를 위해 미술 키즈카페를 갔다 왔다. 애나와 같은 시간에 예약된 유치원생 3명은 한 팀으로 한 시간을 놀고 나서 미술 수업을 받기로 하였다. 그리고 20개월인 애나는 먼저 혼자 40분 동안 미술 선생님에게서 일대일 미술 수업을 받게 되었다. 애나는 미술 가운을 입고 여러 가지 색깔의 물감 중에서 직접 선택한 연두색과 핑크색, 두 가지 물감을 커다란 팔레

트에 짜놓고 크고 넓적한 붓으로 도화지가 된 하얀 벽에 신이 나서 둥글게, 둥글게 멋진 그림을 맘껏 그린다. 그리고 하얀색 토끼 인형과 자동차에도 예쁘게 색칠하며 '너무나 좋아.'라고 한다. 그리고 선생님이 애나의 손에 잔뜩 스프레이 거품을 짜주니 신나게 손을 비벼가며 토끼 인형에게 거품으로 옷을 입힌다. 또 다른 도화지가 된 우리와 마주하는 유리 벽에 그림을 그릴 때는 "애나야!" 하고 부르며 시선을 끌려고 하지만 눈길도 한 번 주지 않고 집중하는 모습에 남편과 나는 서로의 얼굴을 보면서 깜짝 놀랐다. 선생님의 40분 수업에 집중하며 따라 하는 애나는 아쉽게 미술 가운을 벗고 마무리하고 나와서는, 비치된 장난감 중 주방 놀이 장난감 앞에서 떠나지 않고 있다. 칼로 빵을 잘라서 토스터에 구워 접시에 담고 딸기와 바나나로 한 상을 차려 나에게 먹어보라고 내민다. 나는 "냠냠." 소리를 내어가며 맛있게 먹는 시늉을 한다. 그리고 분유를 먹고 바구니 카시트 안에서 잠이 든 동생에게도 먹어보라고 갖다준다. 3명의 유치원 오빠들의 미술 수업을 유리창 밖에서 지켜보며 같이 신나 한다. 그 사이에 비가 잦아들어 푸른 잔디가 깔린 마당으로 나오게 되었다. 자석이 붙어 있는 낚싯대로 연못에 있는 여러 종류의 자석이 붙은 물고기를 낚느라고 신경을 쓰다 보니 가져간 여벌의 옷이 다 젖도록 놀았다. 그리고 함께 인근 마트에 가서는 장을 보고 동전을 넣고 타는 자동차의 핸들을 이리저리 돌려가며 신나게 타고 있다. 이렇게 애나는 꽉 찬 주말을 보내었다.

이제 미국으로 가기 전, 우리 집에서 지내는 마지막 주일 아침이 되었다. 두 아이와 함께 예배를 드리고 예배를 마친 직후 목사님께 축복기도를 부탁드린 터라 이른 아침부터 남편과 나는 분주하다. 애나와 브랜든을 씻기고 애나의 긴 머리를 양 갈래로 묶어주었다. 애나가 파란 원피스에 하얀 타이츠를 입히고 혼자 놀고 있는 동안, 시간에 맞춰 브랜든에게 분유를 먹이고는 트림시키고 잠이 들기 전에 얼른 깨끗한 슈트로 갈아입혀 바구니 카시트 안에 눕혔다. 그리고 나서야 우리도 옷을 갈아입고 외출 준비하였다.

　우리가 정신없이 서두르고 있는 사이 브랜든의 갑작스러운 울음소리에 놀라서 달려가 보니 볼이 빨갛게 달아오르고 애나는 곁에서 브랜든을 지켜보고 있다. 우리는 '애나가 동생을 보며 예쁘다고 한 표현에, 잠이 오는 브랜든은 싫었나 보다.'라며 애나에게 동생을 예쁘다며 쓰다듬는 것을 알려주었다. 그리고 모든 준비가 끝나고 애나를 뒷좌석에 설치되어 있는 카시트에 앉히고 브랜든을 자세히 보니 볼에 애나의 손톱자국이 뚜렷이 찍혀 있었다. 애나가 동생이 생겨 얼마나 속이 상했을까? 하는 마음과 어떻게 하면 동생은 애나가 사랑해주고 보호해줘야 하는 아기임을 알려줄 수 있을까? 하는 생각으로 나는 순간 머릿속이 복잡하다. 사실 애나는 아기인 브랜든보다 아기 장난감을 더 좋아한다. 애나에게도 좀 더 클 시간이 필요하겠지? 애나의 마음을 잘 알기에 혹시라도 딸과 아들이 알고 애나를 혼내지는 않을까? 하는 노파심에 얼른 연고를 바르고 빨리 낫기를 바라며 계속 지켜보았다.

그리고 본당이 아닌 자모실에서 뛰어다니는 애나와 잠든 브랜든과 함께 영상으로 예배를 드렸다. 우리는 예배 드림이 끝나고 담임목사님을 찾아뵈었다. 목사님께서 바구니 카시트 안에서 잠든 브랜든과 어색해하는 애나를 위해 머리에 손을 얹어 축복기도를 해주시는 동안, 나는 애나를 꼭 안고 함께 기도를 드린다. 두 아이의 삶에 언제나 하나님의 보호하심과 인도하심이 함께하기를 기도하며 지혜롭고 아름다운 그리스도인이 되기를 기도한다.

29

얼마나 아프고 힘들까?
(엄마의 치질 수술)

딸이 둘째 아가를 낳았다. 참으로 감사하다. 지금 생각해보면 모든 것이 하나님의 은혜이다.

딸이 고등학교 3학년을 막 시작할 즈음에 배가 아파서 병원에 갔다. 설날에 음식을 많이 먹었는지 자꾸 배가 나온다는 말에 딸을 눕혀놓고 배를 시계 방향으로 쓰다듬으며 배 마사지를 해주었다. 그리고 일을 마치고 집에 오니 딸이 어두운 표정으로 병원 소견서를 내민다. 딸이 낮에 갑자기 배가 더 아파져 혼자 내과에 갔더니 산부인과를 가보라고 해서 거기서 검사를 마치고 소견서를 써주며 덧붙여 큰 병원으로 가라고 했다며 쓱 내민다. 나는 가슴이 쿵쾅거리며 떨리는 손으로 받으며 "그래, 내일 가톨릭병원에 가보자."라고 덤덤하게 말은 했지만 알 수 없는 불안에 잠을 이루지 못했다. 그리고 진료를 마치고 여러 가지 사진을 찍어놓고 다음 날 예약을 하고 집으로 왔다. 배가 아프지는 않은데 배가 자꾸 부르다고 한다. 남편은 영상의학과에 근무하는 조카에게 연락하고 사진을 잘 살펴달라고 부탁했다. 그리고 딸에게는 배에 혹이 있어서 떼어내는 수술을 해야 한다고 말을 했지만, 난소암 판명에 얼마나 기도하였는지……. 그러나 합력하여 선을 이루리라는 말씀대로 모든 것이 물 흐르듯이 수술하고 회복의 과정을 견디는 시간을 보냈다.

5년이 지나 안도의 시간을 보내지만, 할머니 마음 한편엔 '한쪽밖에 없는 나팔관으로 인해 결혼 후에 임신이 잘 되지 않는 것은 아닐까?'라는 염려의 마음이 있었다.

그러나 하나님께서는 나의 염려를 다 걷어주셔서 건강한 애나를 만나게 해주셨고, 딸이 미국에 가기 전에 둘째 아가가 생겼으면 좋겠다는 나의 마음을 허락해주셨다. 혼자 예쁘게 자란 딸이라 성장할 때는 몰랐지만 막상 미국에 가서 살다가 한국이 그리워 오고 싶을 때 우리가 없는 한국은 어떨까? 하는 생각에 딸에게 동생을 낳아주지 못한 미안함이 가득했었다. 혼자인 딸이 애나와 더불어 동생이 있으면 얼마나 든든할까? 하는 생각이 컸었다. 또한 미국에 가서 임신하고 아기를 낳아도 부산처럼 쉽게 갈 수가 없는 먼 곳이라서 한국에서 둘째를 낳아서 조금이라도 키워서 가면 좋겠다는 나의 기도를 들어주셨다. 양수가 터져 예정일보다 2주일이나 먼저 세상을 만난 브랜든은 퇴원하는 그날 황달로 인해 예전에 애나가 신생아 때 처음 치료받던 부산성모병원 신생아집중센터로 옮겨 다시 입원하고 치료받는 기간이 필요했다.

딸은 브랜든을 낳고 병원에 있는 일주일 동안 치질로

너무나 아파했다. 원래 조금 가지고 있던 치질이 출산으로 심해졌다. 코로나가 한창인지라 산모인 딸이 산부인과 병원을 나올 수 없어 딸 대신으로 항문 전문 병원에 진료 상담을 신청하였으나 본인이 아니기에 도움을 받을 수 없었고 좌욕기만 사 올 수밖에 없었다. 통증이 심한데 어떤 도움도 주지 못하여 발만 동동거리다가 브랜든이 신생아집중센터에서 치료받는 동안 딸이 먼저 산부인과에서 퇴원하고 다음 날 바로 항문 전문 병원을 갔다. 진료하신 의사 선생님은 바로 수술을 권하셨다. 1박 2일의 짧은 입원과 15분 정도의 짧고 간단한 수술이라는 설명과 수술 후의 아픔은 참을 만하다고 말씀하였다. 수술을 마친 의사 선생님은 증세가 너무 심했다며 그동안 어떻게 참았느냐고 오히려 반문하신다. 그러나 수술하고도 여전히 통증으로 아파하는 딸을 지켜보는 것은 지난날의 아픔이 떠올라 나에게도 두 배나 힘든 시간이다.

가톨릭병원에서 딸의 난소암 수술하던 담당 의사가

수술 도중에 보호자인 나를 불렀을 때의 두려움, 수술 후에 방귀가 나오지 않아 3일 동안 물 한 모금도 삼킬 수 없어서 거즈를 물에 적셔 입술에 대어주곤 울며 기도했던 많은 시간, 마음 아팠던 일들이 주마등처럼 떠오른다.

치질 수술은 잘되었다는데 통증은 없어지지 않고 아픈 정도가 얼마나 심한지, 어떻게 할 수가 없어 자기의 허벅지를 때리는 딸의 모습에 눈물이 난다. 병원에 진료 갈 때마다 수술은 잘되고 사이즈도 많이 줄고 있다는데 똑바로 앉기조차 힘들어하는 것을 지켜보는 것만으로 속이 탄다.

출산 후에 잘 먹게 해서 빠르게 임신 전으로 회복시켜주고 싶은데 화장실 가는 것이 겁이 나서 먹는 것을 제한하는 딸이 너무 안타깝다. 이렇게 아팠던 통증이 수술 후, 두 달이 지나면서 조금씩 나아져 일상생활과 먹는 음식의 제한을 조금씩 풀게 되었다. 그래도 화장실에 갔다 오면 가끔 아픔으로 힘들어할 때가 있다.

그래도 지금 생각해보면, 미국으로 가기 전 수술을 하고 회복 끝에 가서 얼마나 다행이고 감사한 일인가?

30

세 아기

  예정일보다 2주나 빨리 둘째인 브랜든이 건강하게 태어났다. 아빠는 남자아이가 태어나면 함께 축구를 하겠다는 소망을 이루었다. 입덧이 없었던 할머니처럼 엄마도 임신 중에 가리는 음식 없이 골고루 먹어서 참 감사하였다. 브랜든은 분유를 먹으면서 잠이 들 정도로 순둥이로 태어났다.

  할머니는 딸이 둘째를 임신하고는 하던 일을 그만두었으므로 다시 대구 집으로 돌아왔다. 그러나 딸의 육아 고충도 덜어주고 잠을 푹 자게 도와주기 위해 매주 3일은 부산에 가서 애나와 같이 아침을 맞이하고 어린이집에서 돌아오는 애나를 마중하며 저녁에 잠든 애나를 보며 기도하는 기쁨을 누렸다. 그런 중에 브랜든이 태어나면서 할머니는 짐을 꾸려 다시 부산으로 오게 되었다.

할머니는 엄마, 아빠가 아기와 함께 병원에 있는 동안 애나를 어린이집에 보내고 아기를 맞이하기 위한 대청소를 시작한다. 산부인과 병원에서 산모를 위해 매일 나오는 미역국이 싫은 아빠를 위해 컵라면과 과일과 군것질거리를 사고 좋아하는 반찬을 만들어 갖다주고 왔다. 그리고 안방을 시작으로 침대와 베갯잇을 세탁해서 정리도 하고 화장대와 옷방을 정리하면서 구석진 곳의 먼지를 털어내었다. 그리고 욕실의 거울은 손이 닿지 않아 의자를 놓고 올라가서 닦고 변기와 욕실 벽과 바닥을 청소하고 나니 땀이 흘러내린다. 안방 바닥을 쓸고 닦는 일을 끝내니 다른 방으로 옮겨 청소할 기운이 없다. 이렇게 며칠에 걸쳐 나눠 청소하고 시장을 봐서 미역국을 끓이고 반찬들을 만들었다. 애나가 어린이집에서 돌아오면 둘이서 끽끽거리며 온 집 안을 뛰어다닌다. 함께 숨바꼭질도 하고 "나 잡아 봐."라며 할머니는 도망가고 애나는 할머니를 붙잡는다. 그리고 할머니는 "애나 잡으러 가자."라며 애나 뒤를 쫓아간다.

그러나 며칠 후, 퇴원해야 하는데 브랜든은 황달이 시작되고 딸은 출산 후 변을 보면서 힘이 들었는지 항문이 아프기 시작하면서 할머니의 속이 타들어 간다. 엄마로서, 할머니로서 해줄 게 아무것도 없다는 것이 얼마나 무능한 일인지. 혼자 항문 병원도 예약해서 가보고 의료기 파는 곳을 가보아도 도움을 받지 못하는 상황이었다. 네이버에 '출산 후 치질' 검색을 하면 죽을 것 같이 아프다는 글만 눈에 띈다. 브랜든은 황달로 부산 성모병원 신생아집중센터로 옮겨 입원하고 딸은 퇴원 후, 바로 치질 수술을 하게 되었다. 수술하고 나면 금세 통증이 없어질 거라고 기대했는데 수술한 후에도 통증은 사라지지 않고 일상의 모든 움직임이 불편하고 가만히 혼자 앉는 것도 힘이 든다. 그래도 감사하게 브랜든이 1주일 만에 건강하게 퇴원하여 낮에는 산후관리사의 도움을 받게 되었다. 그러나 태어나자마자 했었던 브랜든의 기형아 검사 결과에 지방 대사 이상의 소견이 나왔다. 재검사하고 기다리는 3일 동안 참으로 힘든 시간을 보냈다. 연이어 맘을 써야 하는 일을 대하면서 피곤하고 지친다는 생각이 들었다. 할머니는 마치 세 명의 아기들을 돌보게 된 셈이다. 할머니는 딸이 어릴 때부터 일을 시작해서 친정부모님의 도움으로 딸을 키웠다. 그래서 딸은 어린 시절 아빠와 있는 시간이 더 많고 할아버지, 할머니와의 추억이 더 많다. 딸에게 '엄마가 성공하면…….'이라고 시작했던 많은 공약을 지켜주지 못했다. 늘 바쁘게 일한다면서도 생활이 넉넉하지 못해서 딸과의 대화 시간을 충분히 갖지 못해 늘 미안하고, 그런데도 예쁘게 잘 자라주어 늘 감사하다. 딸은 살갑게 사랑한다는 세심한 표현을 하지 않지만, 속이 깊은 친구다. 엄마의 고민을 들어주고 힘들었을 때도 이해해주는 든든한 조언자이고 함께 읽은 책들이 많아지면서 서로의 생각과 가치관이 많이 닮아서 엄마, 딸의 관계보다 친구 관계가 되었다.

이런 딸이 치질 수술로 아프면서 아기가 되어가고 있다. 할머니는 어린 딸을 대하듯이 딸에게 온 마음으로 사랑을 쏟는다. 혹시 딸의 마음에 어릴 때 엄마로부터 보살핌을 받지 못한 자아가 있고 부정적인 감정이 있다면 이번 일로 치유되는 은혜를 누리기를 기도하는 마음이 간절하다. "엄마!" 하고 딸이 부르면 쪼르르 달려가 뭘 해줄지를 물어보고 무엇이든지 원하는 것을 해줄 태세로 대기하고 있다. 딸의 좌욕기에 따뜻한 물을 받아 팔꿈치를 넣어 온도를 확인하고 딸을 부른다. 그리고 아픈 가운데 변이라도 보고 나오면 애나에게 하듯 '잘했다.' 칭찬해주며 딸을 쓰다듬고 안아준다. 아기 때부터 해주었듯이 온 발을 꾹꾹 눌러가며 마사지하듯 만져준다. 그러면 스르르 낮잠이 든다. 나는 딸이 좋아하는 음식 중에 장에 도움 되는 것을 찾아보고 시장을 다녀온다. 군것질거리도 사다놓는다. 두 아기의 엄마가 된 딸이 대견하고 사랑스럽다.

사랑하는 남편을 따라 낯선 땅에서 살게 되지만 걱정하지 않는다. 언젠가 어떤 책에서 읽었는지 기억이 나지 않지만 '자녀에 대한 지나친 걱정은 자녀에 대한 저주'라는 말을 읽은 적이 있다. 그 이후 걱정, 염려 대신에 딸을 위해 기도하며 축복을 보내고 응원한다. 이런 딸은 언제나 운이 좋다.

31

기도해야 하는데

브랜든이 태어나면서부터는 애나를 돌보았을 때처럼 부산에서 함께 지내게 되었다. 딸의 치질로 인한 아픔과 브랜든의 황달과 더불어 애나의 감기가 좀처럼 낫지 않았다. 그래서 산부인과와 성모병원, 그리고 항문외과, 소아 병원 등 매일 한 번은 병원에 다녔다. 아들은 한국 지사에서의 일을 마무리하는 시점이라 빠른 일정을 소화하고 있어 병원에 가는 일은 할머니의 몫이 되었다. 이렇게 아이들이 아프니 기도해야 하는데도 힘이 나지 않는다.

할머니는 교구 목사님께 전화를 드렸다. 언제는 목사님께서 전화를 주셨을 때 일부러 전화를 피한 적도 있다. 부산에서 지내며 주일날 예배를 드릴 수가 없어서 매번 불출석을 말씀드려야 하는 죄송함 때문이다. 한편으로는 마음 써주심에 감사하다고 생각하고 있었다. 아기 셋을 돌보듯이 지내는 생활이 한 달 이상 넘어가니 영·혼·육의 에너지가 소진되어 손가락 까딱하는 것도 싫고 아무런 의욕이 나지 않는다. 차도 정기적으로 기름을 넣어주어야 하듯이 나를 위해 힘을 얻게 해달라고 남편에게 중보기도를 부탁했다. 그리고 목사님께 나의 영적 고갈과 갈급함, 그리고 딸의 환경을 말씀드리고 중보기도를 부탁드렸다. 그리고 힘을 내기로 결단하였다.

고요한 밤이다. 나도 모르는 사이에 대구로 오는 고속도로에서 운전 중에 깜빡 졸았나 보다.

퇴근 시간의 복잡함을 피해 도로가 좀 한산해진 후 출

발하려면 언제나 저녁 7시 반을 넘어야 부산에서 출발하게 된다. 퇴근 시간의 복잡함을 피하기도 하였거니와 조금이라도 더 있다가 애나를 재우고 오려다 보니 늘 밤에 운전하게 되었다. 야간의 고속도로에는 일반 자동차는 아주 뜸하고 커다란 트럭이나 물류를 옮기는 탑차들이 많이 보인다.

대구에서 부산으로 갈 때도 일을 마치고 집에 들르지 않고 바로 내려가면 딸이 밤에 편하게 자고 다음 날 아침 늦잠을 자게 할 수 있어서 어느 날부터 밤에 운전하게 되었다. 두 시간이 채 걸리지 않는 거리이고 매주 다니다 보니 이제 내비게이션이 필요치 않다. 부산으로 가는 도로가 익숙해지고 나서부터는 말씀을 듣거나 찬양을 틀어놓고 혼자 통성기도를 한다. 가끔은 유튜브를 통해 조용기 목사님의 2시간 방언 기도를 틀어놓고 함께 방언 기도하다 보면 금세 두 시간이 흘러 부산에 도착한다.

그러나 시간이 흐를수록 피곤이 쌓이고 잠이 부족해졌다. 대구로 오는 길, 쏟아지는 잠을 억지로 참기 위해 눈을 부릅뜨며 운전할 때가 있다. 그러나 집에 와서 하루, 이틀을 쉬고 부산으로 내려가는 길은 언제나 마음에 기쁨이 가득하고 빨리 아이들이 보고 싶어 자동차와 같이 마음도 달리고 있다.

이번에는 3주 만에 대구로 출발하면서 잠이 오는 것 같아 편의점에 들러서 졸음 방지 껌과 씹을 거리를 샀다. 그리고 고속도로로 접어들기 전부터 졸음이 오는 걸 참으며 아들이 텀블러에 담아준 커피를 마셨다. 그리고 말씀을 크게 틀고 신나는 찬양을 들었다. 고속도로는 한적하고 졸음이 오길래 에어컨을 틀고 속도를 줄이며 천천히 운전하였다. 남편과 스피커폰으로 통화를 하면서 잠을 깨려고 전화를 걸었더니 전화를 받지 않는다. 나는 결국 졸음을 이기지 못한 것 같다. 두어 번 옆 차선으로 넘어가다 놀라 제 차선으로 되돌아온 것 같다. 손가락으로 눈꺼풀을 집어 올리기도 했다. 그리고 잠시 후 뒤에 따라오던 커다란 덤프트럭이 옆 차선으로 옮겨가면서 크게 클랙슨을 울려서 깜짝 놀라 정신이 번쩍 들고 보니 시속 80㎞로 지그재그로 운전하고 있었다. 정신을 차리고 나니 생각만 해도 아찔한 순간이었다. 덤프트럭 운전자의 고마운 일로 큰일 날 뻔한 것을 모면하게 되었다. 두 시간도 채 안 되는 거리를 40분이나 넘겨서 도착하니, '이제 출발해요.'라는 문자가 오고 벌써 도착해야 하는 시간이 훨씬 지나 남편은 걱정하면서도 운전 중이라 전화도 못한 채 기다리기만 했다고 한다. 나는 클랙슨을 눌러서 깨워주신 그 운전자분의 도움과 하나님의 보살펴주심에 감사 기도를 드렸다.

이렇게 2년 동안 부산을 오가며 애나와 함께하는 시간이 100만큼 힘이 들었다면 200만큼의 기쁨이 있었음에 감사하다. 지금은 미국으로 출국하고 한 달이 되었는데 벌써 몇 달을 못 본 것 같이 너무 보고 싶다. 아직은 해외 이삿짐들이 도착하지 않아 불편한 것이 많을 것이다. 그리고 애나를 생각하면서 '대구 할머니는 잠시 집에 갔다가 곧 오겠지?라며 기다리는 것은 아닐까?라고도 생각한다. 20개월인 애나가 한국 할머니와의 추억을 기억할 수는 없을 것이다. 그리고 엄마가 꾸준히 가르치지 않으면 한국어를 잊어버릴 수도 있다. 그러나 분명 정서적인 면에서 함께했던 모든 시간이 몸에 배어 사랑이 많은 행복한 아이로 자랄 것이다. 애나로 인해 누렸던 시간이 너무 감사하다.

32

숨죽이는 시간 4분 20초

무더운 7월, 8월을 딸과 두 아이를 데리고 함께 에어컨을 24시간 켜놓고 지내면서 나는 내가 사는 집이 좁다는 생각을 한 번도 해본 적이 없었지만, 지금은 생각이 다르다.

애나의 침대와 미끄럼틀이 안방을 차지하고 있다. 작은방 하나는 딸이 쓰던 침대와 브랜든의 아기 침대, 그리고 매일 사용하는 아기용품으로 채워져 있다. 그리고 늘 책상에 앉아 감사 일기를 쓰고 책을 읽는 또 다른 나만의 공간에는 아이들이 노는 데 방해가 되는 3단 서랍

장들과 캐리어들과 미리 사놓은 아이들의 분유와 물, 그리고 미국으로 가져가야 할 것들이 점점 쌓여 한 방을 가득 채우고 있어서 발 디딜 틈이 없다.

그러다 보니 잠자는 것이 문제가 된다. 안방에는 애나가 혼자 침대에서 잠을 자고 작은방엔 브랜든을 데리고 내가 침대에서 자면 딸은 거실에서 이부자리를 펴고 잠을 잔다. 이러다 보니 자연스레 남편은 주말에만 아이들과 놀아주러 오고 당분간 본가에서 출퇴근을 하며 지내기로 했다. 시어머님께서는 일을 마친 후 퇴근하고 오는 큰아들에게 밥을 해 먹이면서 큰아들의 별난 성품을 확인한 계기가 되었다. 그 덕분에 이제껏 어떻게 맞추어주며 살았느냐며 나의 마음 씀을 염려해주신다.

흥부자인 애나의 활동 시간과 먹고 놀고 자야 하는 브랜든의 잠자는 시간이 겹치면 쉽게 잠을 들지 못하는 순둥이 브랜든의 잠투정이 시작된다. 나는 브랜든을 재우기 위해 안고 토닥이며 땀을 흘린다. 애나의 행동반

경이 작은방으로는 미치지 못하게 거실에 붙잡아두려고 시선을 끄는 엄마며, 할머니는 왜 브랜든을 안아줘야 하는지, 자신도 안기고 싶어 하는 애나와 셋이서 전쟁을 치른다. 딸이 애나를 데리고 산책하러 가고 브랜든이 어떻게 잠이 들고 나면 세상이 다 고요한 것 같다. 다행히 애나는 저녁에 목욕하고 잠이 들면 웬만한 소리에도 깨지 않고 혼자 침대에서 숙면을 한다. 브랜든을 목욕시키고 몸에 마사지하듯 로션을 바르고 슈트를 입히고 분유를 먹이기까지 웬만큼의 울음소리에도 잠을 깨는 일이 없다.

그러나 새벽 시간이 되면 나는 '부산에서 지냈던 딸의 집처럼 넓어서 두 아이의 공간이 뚝 떨어져 있으면 얼마나 좋을까?'라며 마음을 졸이게 된다.

두 달이 지나자 브랜든의 수유 시간이 한밤중에서 새벽 시간으로 늘어나면서 아침 일찍 일어나는 애나와 겹치게 된 것이다. 그래서 새벽엔 브랜든의 작은 몸짓 하나도 지켜보고 있어야 한다. 몸부림을 치기 시작하면 살그머니 주방에 독서 등을 켜고 분유를 타 세팅된 4분 20초의 데우는 시간을 기다려야 먹일 수 있다. 이 시간 동안 거실에서 자는 딸도, 애나도 잠이 깨지 않게 발소리도 죽여가며 다녀야 한다. 그런데 잠이 깬 브랜든이 참지 못하고 울기 시작하면 가슴이 뛰기 시작한다. 애나는 저녁 7시 전에 자서 아침 6시쯤 일어난다. 침대에서 혼자 애착 인형을 가지고 놀다가 아침 7시에 우유 먹을 시간이 되면 엄마를 부르고 할머니를 부른다. 그러나 브랜든의 울음으로 인해 새벽 4~5시에 깨기라도 하면 그때부터 놀아야 한다. 그리고 분유를 먹은 브랜든이 다시 잠들려고 할 때 애나의 방해 공작이 시작된다.

동생이 생기고 애나는 호기심과 질투심의 두 마음을 늘 가지게 되나 보다. 조그만 발이 너무 신기해서 살그머니 다가와서는 발을 만져보고 손가락으로 발가락도 꼭꼭 눌러본다. 그리고 애나는 동생 브랜든이 울면 쪽쪽이를 찾아 얼른 입에 넣어준다. 동생을 사랑해서 애나의 애착 인형인 바니도 가져다준다. 그러나 어른들로 인해 질투심이 생기기라도 하면 만지는 손에 힘이 가해지고 브랜든에게 흔들어주던 딸랑이도 다 가져가 버린다. 엄마 품에서 동생을 밀치며 무릎을 차지한다. 언제나 애나 편이었던 할머니인 나도 우는 브랜든 앞에서는 어린 애나의 마음을 살피는 것이 뒤로 밀려난다. 그래서 애나가 잠든 새벽 시간에 조용히 브랜든에게 분유를 먹이고 트림시키고 한 시간을 놀다가 이제 다시 브랜든을 재운다. 브랜든이 다시 잠든 사이 애나가 일어날 때를 기다려 최고의 사랑으로 "모닝!"이라며 활짝 웃으며 애나를 침대에서 안고 거실로 나오는 것으로써 최선의 하루가 시작되는 것이다.

매일 아침 소변을 참아가며 두 아이, 아니 세 아이의 동태를 살피는 할머니, 엄마가 되어 있는 이 시간이 참 행복하다.

33

애나와 브랜든

애나가 태어남으로 엄마, 아빠와 할아버지, 할머니는 너무나 기뻤고 서로에게 축하했다. 귀하고 소중한 크리스마스 선물을 보내주신 하나님께 감사드리며 입가에는 미소가 떠나지 않는다. 엄마의 가슴에 안겨 젖을 빠는 애나의 예쁨을 바라보는 할머니의 마음은 행복, 그 자체이다. 애나를 만날 때마다 건강하게 자라는 것이 감사하다. 애나의 눈길 한 번, 작은 손짓, 발짓 한 번에도 무한 감동하며 무덤덤해져 가는 어른들의 감정 세계에 파동이 일어난다. 행복, 기쁨의 눈물을 만나게 된다. 함께 지내면서 매일 저녁 애나가 잠이 들고 나면 책상에 앉아 애나의 매일의 성장을 적으며 애나와의 하루를 생각한다. 이때는 기쁨의 되새김 시간이 되고 감사의 시간이 된다.

어느덧 애나가 태어난 지 백일이 다가오자 엄마는 아빠에게 한국에서는 아기가 태어나고 백일이 되면 온 가족과 친·인척이 건강하게 자란 아기를 위해 모두 축하해주고 백일 떡을 만들어 나눠 먹는 풍습을 알려준다. 백일 떡으로 백설기를 해서 백 사람과 나눠 먹으면서 아기가 건강하고 장수하기를 바라며, 붉은 수수팥떡은 액운을 막아준다는 의미가 있다며 어떻게 백일을 지낼지 의논하게 되었다. 그리고 엄마, 아빠가 모든 것을 준비하는 동안 할머니는 애나를 돌보기로 했다. 할머니는 양가 부모님과 형제들을 식사에 초대하고 의논하고 준비하는 과정을 지켜보면서 엄마, 아빠가 애나와 더불어 참 예쁘게 살아갈 그림이 그려져 마음이 뿌듯하다. 그저 바라보는 것만으로 기쁨이다. 아마도 할아버지와 할머니가 이렇게 많은 준비를 하였다면 그 과정에서 서로의 생각을 관철하기 위해 벌써 몇 번의 큰 소리가 오고 갔을 것이다.

아빠의 멋진 요리 솜씨가 맘껏 발휘되어 초대된 가족들은 모두 감탄사를 자아냈다. 큰동서의 말대로 스테이크는 부드럽고 맛이 있다. 그리고 채소 샐러드에 뿌려진 수제 소스, 그리고 고소한 빵과 더불어 파스타, 칵테일 새우 요리, 그리고 연어와 캐비아의 컬래버, 그리고 치즈를 넣은 통감자 구이를 만들었다. 그리고 음식이 식지 않게 조리 도구를 장만하여 비치해서 흡사 호텔에서 뷔페 음식을 먹는 느낌이다. 예쁜 바에는 여러 가지 과일과 쿠키와 음료를 준비했다. 그리고 애나의 방에는 근사한 백일상을 차렸다. 애나는 예쁜 한복을 입혔는데 어색하고 불편해한다. 아직 혼자 잘 앉지를 못해서 엄마, 아빠가 뒤에서 같이 사진을 찍었다. 축하해주신 분들이 집으로 가실 때는 일일이 백일 떡과 오지 못한 자녀들이 집에서 먹을 수 있게 미리 준비된 도시락에 음식을 골고루 담아드렸다. 그리고 다음 날, 아빠의 회사로 예쁘게 따로 맞춘 떡을 보내어 미국인들에게 한국 백일의 의미를 전하게 되었다.

백일 동안 조용한 환경에서 지낸 애나는, 애나가 태어남으로써 갑작스레 할머니와 할아버지가 된 가족들이 주는 축하를 제대로 즐기지 못했다. 먹고 자는 리듬이 깨어져 오히려 기분이 좋지 않고 불편해했다.

그러나 첫돌에는 모든 것이 달랐다.

백일은 손님들을 위한 한국식으로 했다면, 첫돌은 미국식으로 준비하였다. 그리고 크리스마스가 다가오고 있어서 크리스마스 파티를 겸하는 것이 되었다.

성품이 밝은 애나도 함께 참여하는 파티가 되어서 우리는 모두 즐거움이 더해졌다. 현관에 들어오면서 애나의 첫 번째 생일 축하 장식이 즐거움을 더해준다. 거실한 면에는 겨울에 태어난 애나를 위해 하얀 눈이 붙은 커다란 축하 플래카드를 걸고 여러 색깔의 풍선을 불어서 장식하였다. 그리고 아빠는 엄마의 도움을 받아가며 음식들을 준비하였다. 백일 때 모두가 잘 먹었던 아스파라거스를 곁들인 스테이크, 방울토마토와 으깬 감자를 넣은 크림 스파게티를 만들었다. 빵과 수프를 준비하고 데빌드 에그와 감자와 마카로니를 넣은 샐러드를 준비하였다. 그리고 일회용 냅킨과 포크와 나이프도 준비하였다. 그리고 여러 가지 맛을 즐길 수 있도록 음료와 맥주도 다양하게 준비하였다. 가족들도 두 번째 방문이라 이제는 어색함에서 벗어나 여유가 있고 친숙하게 대하면서 제대로 파티를 즐길 수가 있었다.

주인공 애나는 하얀 원피스에 하얀 리본 머리띠로 예쁜 공주가 되어서 손님들을 기쁘게 맞이한다. 웃음이 끊이지 않는 애나와 함께 식사하고 사진을 찍으며 즐거운 파티가 되었다. 그리고 돌잔치의 하이라이트를 위해 애나는 가볍게 슈트로 갈아입고 왔다. 할머니와 가족들은 왜 슈트로 갈아입었는지 알지 못했다. 그리고 예쁘게 장식된 식탁 의자에 애나를 앉히고 앙증맞은 케이크 하나가 따로 애나 앞에 놓였다. 이제까지 이유식만 먹던 애나에게 한 살 된 기념으로 케이크 하나를 통으로 먹게 하는 미국식 첫 생일의 모습이다. 숨을 죽이고 지켜보는 가운데 애나는 잠시 우리들의 표정을 살피더니 이내 손으로 맛을 본다. 드디어 시작된 장난꾸러기 애나의 오감 놀이에 우리는 모두 박장대소를 하며 웃기 바빴다. 시댁 왕할머니는 손뼉을 치면서 〈곰 세 마리〉 동요를 부르고 애나는 우리의 응원에 힘입어 양손으로 케이크를 뭉그러뜨렸다. 케이크를 힘차게 두드리고 주물럭거리더니 입을 대고 한 입 먹고 나니 온 얼굴에 하얗게 케이크가 묻었다. 그 모습에 웃는 우리를 따라 애나도 신나게 웃는 날이었다. 그리고 양가 어른과 동생 가족들에게 일일이 크리스마스 선물을 준비해드렸다. 건강하게 자라준 애나와 엄마, 아빠에게 축하를 전하며 행복한 시간을 보냈다.

그리고 애나에게 동생 브랜든이 생겨 누나의 의미를

모르는 언니가 되었다.

브랜든은 애나 누나보다는 엄마 뱃속에서 더 많이 자라 예정일을 2주 남기고 몸무게 3.20㎏으로 건강하게 태어났다. 출산 가방을 미리 싸놓고 엄마, 아빠는 아기 천사를 만날 기대에 하루하루를 보내었다. 계절의 여왕 5월, 모든 자연이 제각기 아름다움을 뽐내며 희망을 느낄 때 브랜든이 태어났다.

아기 브랜든의 똘망똘망한 눈망울이 우리 모두를 감동에 푹 빠지게 만든다. 한 달이 되지 않아 목을 이기더니 흑백 초점 책을 주목하고 모빌의 움직임에 따라 반응한다. 그리고 얼마나 순둥이인지 잠이 쏟아질 때는 아무리 흔들어 깨워도 잠을 잔다. 분유를 먹이고 트림시켜야 하는데 잠을 이기지 못하는 잠꾸러기 브랜든으로 인해 할머니는 땀이 난다. 엄마는 브랜든을 위해 선택한 분유 탓이라는데, 브랜든이 응가를 볼 때마다 할머니는 곤욕을 치른다. 황금빛 응가 폭탄이 터지면 기저귀를 탈출한 채 안고 있는 할머니의 다리에 황금빛 그림을 그리는 일이 잦아졌다. 엄마와 할머니는 이런 그림을 그려놓고도 시치미 뚝 떼고 잠을 청하고 있는 브랜든의 모습이 너무 웃겨 배를 잡는다. 할머니는 곧 엄청난 부자가 될 것이다. 매일 엄청난 황금 기운을 받고 있다.

브랜든의 모든 행동이 너무나 사랑스럽다. 미국으로 간 지 며칠 뒤가 백일이라 브랜든의 백일 날은 함께하지 못했다. 그러나 할머니는 응원의 메시지를 보내었다.

그리고 첫돌 파티에서는 브랜든은 또 어떤 활약을 펼칠지 기대하며 신나는 그림을 그려본다.

할머니가 되고서 '진짜 어른'이 되다

갓 태어난 애나가 목을 가누고, 뒤집고, 기고, 걷는 성장의 과정을 수없이 시도하는 것을 보았다. 애나가 몸을 뒤집기 위해 수없이 애쓰며 시도하다가 드디어 처음 성공한 감동의 순간, 나는 눈물이 났다. 앞으로 나아가기 위해 얼굴이 빨갛도록 용을 쓰지만 언제나 제자리이거나 그 자리를 빙빙 돌 뿐이었던 애나가 드디어 앞으로 기어나가기 시작할 때 나는 환호했다. 엉덩방아를 찧으며 넘어지고 일어나는, 일련의 수없는 반복의 시간을 거쳐 드디어 달에 첫발을 내딛는 우주비행사처럼 걷게 되었을 때 엄마, 아빠는 세상을 다 얻은 기쁨을 누린다.

세상의 모든 것이 새롭고 신기해 뛰어다니는 애나를 뒤쫓는 할머니는 '어떻게 하면 애나의 호기심을 충족해 줄까?'를 생각하다가 문득, 우리 몸에는 이미 수많은 성공의 DNA를 가지고 있는 소중한 존재임을 깨닫게 된다. 그리고 가족을 비롯하여 주위 사람들로부터 사랑의 응원과 기대 속에서 성장하는 한 사람 한 사람에 대한 하나님의 선하신 계획하심이 있다고 생각한다.

성공의 DNA를 가진 소중한 존재인데 어른이 되어가면서 점점 현실의 문턱에 발이 걸려 잊고 살아간다. 어릴 때는 하고자 하고, 되고자 하는 꿈도 많았는데 어느 순간 현실에 안주하고 다가오는 문제 앞에 타협하면서 꿈은 어디론가 사라져버렸다.

나 역시 그러했나 보다. 분명 나도 애나처럼 가족들과 주위 사람들의 축복과 사랑 속에서 태어났고 그들의 사랑의 응원과 기대 속에서 성장했으나, 이제는 그저 내 앞에 닥친 문제와 내 가족 생각에서 크게 벗어나지 못했다. '어떻게 하면 좀 더 경제적으로 여유롭게 살 수 있을까?' 하는 다분히 개인적인 생각만 하는 사람이었다.

그러나 사랑스러운 애나의 성장을 지켜보면서 나는 오히려 사람을 사랑하는 법을 배우게 된다. 애나의 밝은 미소와 "안녕!"이라는 말 한마디로 스치듯 만나는 무덤덤한 사람들과 웃으며 서로 인사를 나누게 되는 것을 본다. 주위의 사람들과 관계를 부드럽게 만드는 것이야말로 관심과 사랑임을 알게 된다.

딸에게 낙제 점수를 받는 워킹맘이었던 나에게 크리스마스 선물인 애나가 태어남으로써 할머니라는 신분이 생겼고, 낙제 점수를 만회할 기회를 얻게 되었다. 나는 비로소 '진짜 어른'이 되었다.

미국에 있는 딸에게 "엄마가 애나와 지내면서 보낸 행복한 시간들을 적은 글을 출판하게 되었다."라고 알렸다. 말을 듣는 순간 "정말? 엄마, 축하해!!" 하는데…….

딸이 얼마나 놀라고 기뻐하는지 눈에 그림이 그려진다. 딸이 아들에게 기쁜 소식을 전하는 소리가 핸드폰 너머로 들린다. 곧이어 하트가 찍힌 아들의 축하 메시지가 도착한다. 나는 'I love you.'로 답한다. 기쁨은 이렇게 금세 미국과 한국을 오간다. 거리가 문제 되지 않는 것이 가족의 사랑이다.

남편은 나에게 '한국인이 아닌 것 같아.'라며 핀잔을 주면서도 실수투성이 문장을 수정하는 것을 열심히 도와준다.

나는 이러한 우리 가족의 사랑에 가슴이 뛴다. 무엇보다 딸에게 엄마의 소망이 결실로 이어지는 그림을 보여주게 되어 가장 기쁘다.

곧이어 영상이 도착했다. 발레를 배우는 애나가 음악에 맞춰 무릎을 구부렸다 펴는 플리에 동작이 너무 귀여워 나는 환호성을 질렀다. 그리고 벌써 뛰어다니는 브랜든의 모습까지…….

　어떻게 손주에 대한 사랑을 '눈에 넣어도 아프지 않다.'라는 말로 표현했을까?

　곧 다시 한국에서 만날 수 있기를 기도하며 소망하는 마음 또한 기쁘고 설레고 감사하다.